板室の風

天空昇兵衛

鼎書房

穴沢小学校　板室分校

私とすぐ下の妹

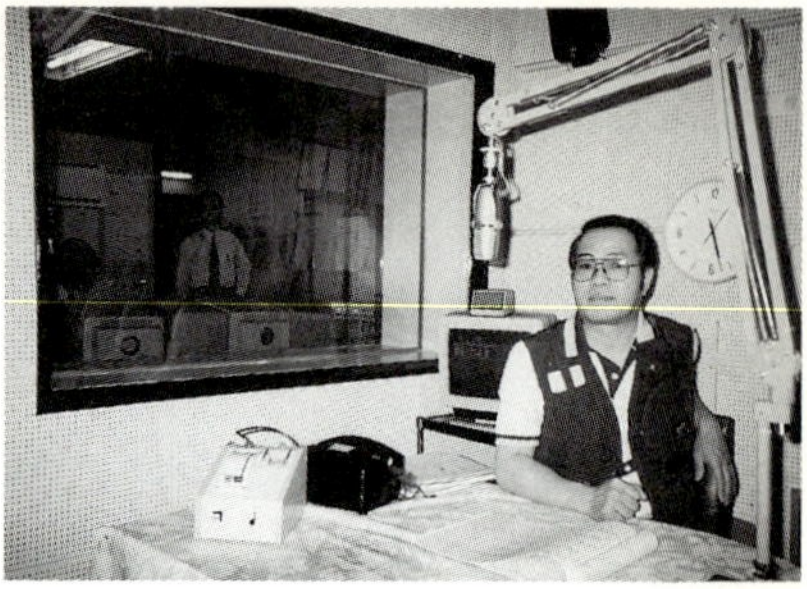

ラジオ収録スタジオ

自然料理店「テンカラ」

テンカラの庭に来るボス猿

自作の酒

炭窯で。父（昇）と長男（英明）

テンカラ釣りの釣果

「テンカラ」の店内

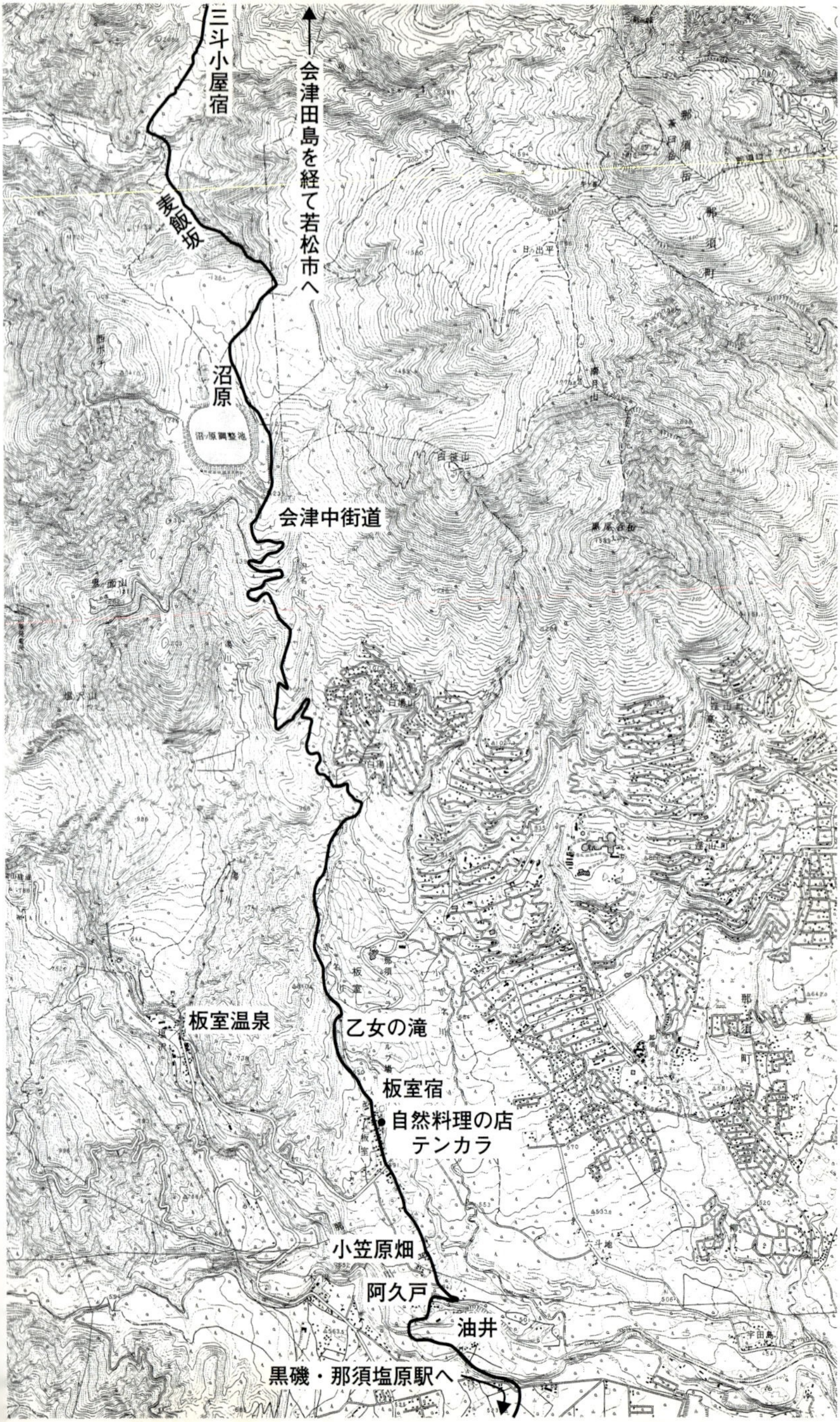
三斗小屋宿
会津田島を経て若松市へ
麦飯坂
沼原
会津中街道
板室温泉
乙女の滝
板室宿
自然料理の店
テンカラ
小笠原畑
阿久戸
油井
黒磯・那須塩原駅へ

テンカラ周辺図

目次

春

夏

秋

目次

春

板室分校

カナリヤが狭い籠に閉じ込められて、寂しそうに鳴いていた。

稲沢先生の趣味は、小鳥を飼育することであった。俺達生徒は、その手伝いを毎日のように、要求されたのである。先生とは神に近い存在で、古老達は小学校教諭を、先生様と崇《あが》め奉っていました。昭和三十年頃の話である。大谷石の正門には、木板がはめ込まれ、墨字で学校名が黒々と認《したた》められていた。黒磯町立穴沢小学校板室分校と……。

全校生徒は、四十名たらずで、先生はお二人（御夫婦）だった。

師の教えは絶対の時代ではあったが、大家族的な温かい風が、いつも吹いていたように記憶しています。

教室は二つのみ、三学級が一緒に授業を受けるのだから辛い。教える方も大変だが、俺達生徒の頭は、常に混乱していた。

「一年生は、算数やるぞ。二、三年生は自習していろ、静かにしてくれよ」

三通りのパターン授業の中で、独学的な勉強を強いられていたのである。利口者にとっては、合理的なスタイルなのだが、俺はまいったねぇ。ごちゃごちゃになっちゃって、整理がつかない。通信簿は常に、低空飛行でありました。もっとも、水飲み百姓の伜だから、勉強を強要されたことは無い。俺の小学校時代は、山遊び川遊びと家の手伝いが主であり、勉強はその合間の苦行として、位置付けられていた。

学校には椅子と机が、平等に用意されていました。これは嬉しかったなぁ。俺の家には、椅子も机も、電気スタンドもなかった。広めの農作業用の土間、煤だらけの囲炉裏、馬の餌を煮る為の大釜、馬小屋と母屋が繋がっていたから、馬は家族同様であり、皆で愛情を注いでいたように思う。だから、五十五歳になった今でも、馬の匂いに触れると、瞬時にタイムスリップ出来る。嬉しくもあり、悲しくもあるトラウマなのだ。

俺は、体育の時間になると興奮した！

なんてったって、外で暴れるのは楽しい。山奥分校の、昔形

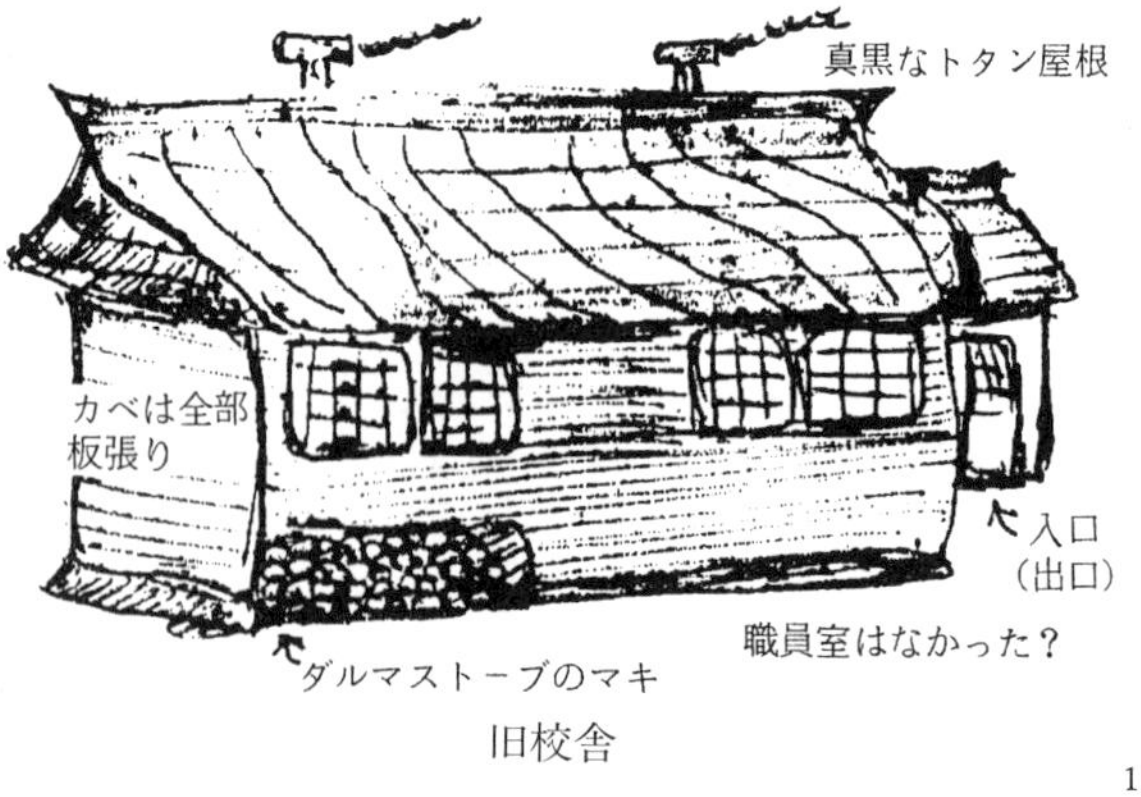

旧校舎

の体育だから、かなりユニークな内容になっていた。冬場は、雪の上での相撲が一番人気だった。五、六番取ればすぐに暖かくなれる。モンゴル相撲と同じルールで、投げ飛ばすまで死力を尽くすのだ。学年なんて関係ない、誰もが（主に男子生徒）横綱目指して、汗を飛ばすのだ。

竹スキーも楽しかったなあぁ、三十センチほどの竹片を、スキー状に仕上げ、その上に長靴足を載せて、踏み固めた雪の坂道を滑降するのです。貧乏なＰＴＡだったから、本格的なスキー用具が、購入出来なかったのだ。誰よりも早く、誰よりもかっこよく滑ることに、熱中したものである。鋸と鉈と、囲炉裏の火を利用して、竹スキーを作ったなぁ。自分で作った物でなければ、友達に自慢は出来なかった。親なんぞに作って貰おうものなら、よってたかって馬鹿にされる。竹スキーは自立心への、第一歩だったように思う。

春、三月ともなると、ポカポカ陽気に誘われて、皆で渓流に繰り出す。冷たい水を物ともせずに、カジカ捕りに精を出す。平たい石の裏側に、張りついている卵も容赦なく確保する。それらを持ち帰ってダルマストーブの上蓋に載せて焼き上げる。香ばしい煙に包まれながら、至福の時を皆で味わう。どういうわけか、先生が一番食べる。

「これはでかいなぁ、誰が捕ったんだぁ！　美味いなぁ、大したもんだ」

俺達生徒は、この一言に弱い。常に何かで評価されたくて、それぞれの特技を磨き誇示しようと、儚い努力をしていたのだ。

穴沢という集落にある本校まで、四キロの道のりであった。生徒の足で往復二時間である。毎月のように何らかの行事があり、三列縦隊（ほんとは二列なのだが）崩れを呈しながら、ウキウキ気分で歩《ある》ったねえ。映画鑑賞会、運動会とその練習、健康診断、学芸会などに参加するのが、俺達の使命だった。

本校の生徒達は、俺達に対して、山猿と言い、言葉が変だとか言い、いつでも潮笑を投げかけてきた。俺達はいつも前屈みになって、小さくなり卑屈になっていた。

俺はこの歳になって初めて深く思う。

あの頃の稲沢先生ご夫妻の心中は、いかばかりであったろうか。分校は家族である。家族の大方が卑屈になっていたら、その焦燥感は大きかったに違いない。

感謝の気持ちを伝えたいが、お二人とも消息不明。板室分校の歴史は、日々遠くなるけれど、俺にとっては思い出の宝庫であり、生き方の基礎を叩き込まれた六年間であった。先生、両親、祖父母、友達……への恨みつらみ、楽しい事、諸々の事――全ての思いと出来事の連鎖が、今の自分の骨になっている。ゼロ歳から小学校時代で、人の生き方は固まってしまう。性根は死ぬまで不変だ。あの頃の人間達の心根と、行動を掘り起こして、ここからの己の道標にしよう。

時代の趨勢《すうせい》の中で、板室分校は昭和四十八年三月三十一日付で廃校になった。

（「響友しもつけ」平15・10）

二百円の重さ

三年前の四月十日昼どき、私が営む自然料理の店に一人の老人が入ってきて、左角の二番囲炉裏にヨロヨロと座った。穏やかな口調で独り言のように話す。私はメニューを開いてお出しした。そしてホウレンゾウのおひたしとサワブキの煮付けの小鉢、薬草茶を膳の上に配し、老人の右横の板張り床に静かに置いた。ちょっとして老人は鳥やきめし定食を注文した。

「この先にいっぱい牛がいるね。大きくてびっくりしたよ」

「あー、たくさんいたでしょう。全部で一五〇頭ぐらいいるんですよ」

「すごいねえ。肩のあたりの肉が盛り上がってた」

大声で話しながら油をひいて、まずやき飯を作り同時に特製うどんスープを暖める。

「おまちどうさま。鍋うどんはとても柔らかいですから、ぜひ食べてみて下さい」

「はい、ありがとう。耳が遠いので迷惑かけます」

「そんなことないですよ。どうぞゆっくり召し上がって下さい」

一番囲炉裏にコーヒー、三番囲炉裏には岩魚の塩焼き定食を運んで一息ついたところへ、老人からおほめの言葉が投げかけられた。

「マスター、よく研究しているね、このやき飯、ホントにうまい！」

「いやー、うれしいです。ありがとうございます」

「心底うまくて体に安全な料理にぶつかるなんて滅多にないことだよ。じゃあ、ここへお勘定置くよ」

「ありがとうございます。あれぇ、お客さん、二百円多いよ」

「なに言ってんだい。こんなうまい料理をいただいて……、二百円は気持ちだよ」

「本当によろしいんですか？　いただけませんよ」

「気持ち、気持ちだよ」

そう言って老人は静かに立った。私は彼の白髪頭がのれんにかかった頃合いを見て「またいらっしゃって下さい、お気をつけて！」と、心の一番深い部分からの声で送り出した。老人は一瞬ふり返りニコッと小さくほほえんで、ノロノロと這うように歩いて行った。後で知ったことだが、老人は私の店から二〇〇メートルほどダラダラ坂を上がった、板室山荘に湯治に来ているとのことだった。

私は二百円の重さを感じていた。小さな仕草から伝わってくる老人の機微と優しさが、二つの硬貨に乗り移ってずっしりと重いのだ。こういう重さを、小中高校や大学の先生方、子供の両親をやっている人々の何パーセントが理解してくれるであろうか。殺人事件やいじめなど、心を見失った行動が多発している。飛躍するかもしれないが、老人の心とさりげない歩き方を模倣することができれば、陰惨な事件は発生するはずがない。教育指導要領に書かれていない「二百円の重さ」を感じ取れる若者を、いかにしてつくるか、私たち中高年者に課せられた使命だ。

これも後で聞いたことだが、老人は東京の有名な貴金属会社に長年勤めたらしい。騒音の中での加工作業で遠耳になってしまったそうだが、会社を恨んではいないな。仕事の話をする老人の目は若やいで見えたもの。輝ける過去なのだ。八十歳を過ぎてなお、ボランティア精神を発揮。西荻窪駅前に乱横駐輪している自転車群を毎日真っ直ぐにしてやっているという！

老人からいただいた二百円は、店の神棚に奉ってある。

（「栃木よみうり」平7・3・24）

アマヤン

鋭い眼光、ビロードのように輝く体毛、躍動する尻尾はいつも空中にある。時折、大ぶりの睾丸《こうがん》をプルッと揺るがせて、尊大な仕草で振り向く。

私の天屋（納屋）を居城にしている超大型のオス虎猫なのである。天屋に住んでいるから「アマヤン」と呼んでいる。

栄養満点の彼は、この界隈のドンだ。どうやら隣の集落まで出かけて行って種つけ（交尾）しているようだ。立派な一物を威勢よく誇示し、ハーレムを拡大中らしい。誠にうらやましい奴なのである。

私はアマヤンとよく天屋サミットを開く。野生化したアマヤンとは四、五メートルの間合を設けてなのだが。

「おい、アマヤン。飼われ猫をやってみないかね」

「飼われ猫？　ふざけんじゃねーないよ。キャットフードなんて見るのも嫌だし、所定の場所にウンコをするなんてえのは不便で困る。おまけに女とは自由に交際できない。いいことなんてありゃしない！」

「確かにそうだが、そろそろおまえも歳だろう。だいぶ身体にガタが来てるんじゃあないかい？」

「痛い所をついてくるね。おれは激務の連続だからなあ。心配してくれるのはありがたいね。ま、大家さんはモテないからいいが、おれは生まれながらのモテモテ絶倫男だからな。その責務を果たしているだけさ。どうだい大家さん、交替してやろうか」

「交替してもらいたいのは山々なんだが……。人間には理性なんていう厄介なものがあるんだよ。一夫一婦制などという機構をつくって、お互いに牽制し合って、自由の奪い合いをしているのさ」

この辛さ、アマヤンには理解できまい。

「おいおい、それは我儘っていうもんだぜ。三度三度うまい飯を食って、美人の女房を持って、何が不足なんだ！　あんまり

文句たれるとおれが承知せんぞ」

ついこの間、妻に尾頭付き（鮮度はちょっと落ちてたが）を一尾もらっているらしく、しっかりと久子殿の味方をやっている。

そういう正義の論客アマヤンにも悩みあり。人間に言いたいことがあるとのこと。

「他でもない、ペットブーム問題だよ。人間どもは汚いよ。自分のストレスをそっくり小動物に転嫁しさんざんいじくり回して、邪魔になるとポイと捨てる。空き缶やタバコの吸い殻と同じだぜ。おれのように生（性）活力あふれる美男猫はいいとしても、そうでないペット動物はかわいそうだよ。都会と山間集落に同時進行している悲劇を人間自ら問題化してほしいね」

那須連山のふもとのこのあたりにはペットを捨てにくる無責人が後を絶たない。私も人間の端くれだが、アマヤンのおっしゃる言葉は骨身にしみるね。タバコの吸い殻一つ管理できない人間に、ペットを管理する権利なんてあるはずがない。

「アマヤン、何か解決策はないのかい？」

「そんなもの、あるはずないだろう。万物の霊長の人間自身が、全ての動植物のバランスを壊しているんだぜ。エイズに滅ぼされるのが先か、人間が目覚めるのが先か、猫界では楽しみに見物することにしているよ。どれどれ、こんな難しい話はやめにして、今宵もセクシーナイトラインで頑張るかな」

アマヤンは大きく背伸びして、ご立派な二つの睾丸をプリップリッと見せつけ、得意の四ツ玉スタイルで鋭い一べつを私に投げかけ、比類なき足紋を残して、愛情ビジネスに出かけて行くのであった。

アヤマンのプロフィール

アヤマンは二つの金目と二つの睾丸を武器に大活躍している。彼の得意ポーズは、睾丸と金目を同時に見せる振り向き四ツ玉スタイルだ。また、彼の気品と威厳は他の野生猫には見られないものであり、大虎風の斑紋は、常時高貴なる毛並みに彩られているのであります。女猫達から「アマヤン様」の俗称で恋慕われている。

（「栃木よみうり」平7・4・28）

五十歳の小学校デビュー

一九九八年三月九日。朝礼への、参加願いの招待状が舞い込んで来た。

私は小学校デビューすることになった。

頭の毛も薄くなった五十歳の私に、地元小学校の校長から十分間の話を子供たちに、との依頼があったのです。

「天空さん、実は新しい試みなんですが、月曜日の朝礼に地域の皆さんからお話をいただこうと思いたちました。トップバッターをお願いしたいのです。お店のことや自然のことや、歌のことなどを……」

「ええ、まあ趣旨は分かりました。しかし子供、それも一年生から六年生までとなると難しいですね。どんな言葉を選んでしゃべればよいのか見当がつきません」

「そんなに難しく考えないで、いつもの自然のままでいいんです。いつかお聴きしたお話の続きでいいんですから、なにぶんよろしく」

「ええ、そういうことでしたら自分でも勉強になることですし、お引き受けいたします。私の独断と偏見が多少入りますが、それでもいいですかね？」

「勿論それで結構です。夢と心地よい刺激を、子供たちに与えてほしいのです。ありがとうございます。それでは前日に、確認のお電話をいたしますのでよろしくお願いいたします！」

軽く引き受けてはみたが、どんな構成でどんなニュアンスでどんなモードでしゃべればよいのか、私の悩みは深まるばかりである。ここは一番、とにかく大人の面目を、選ばれた面目を果たさねばならぬ。

とにかく正直に自分の心を伝えることにしよう。

あっという間に当日がやって来た。さあいよいよ本番である。

私は黒磯市立穴沢小学校の校長室の扉をノックした。

「おはようございます。天空昇兵衛です。本日はお招きいただいてありがとうございます」

「おはようございます。いやあ、ありがとうございます。よろしくお願いします。お忙しいところをどうもどうも……」

ピアノのある部屋に全校生徒八十四名が集合していた。私が足を踏み入れた瞬間、六年生の何人かの生徒に「おはようございます！」と声をかけられた。すかさず同じトーンで返したがちょっとびっくりした。

だが私は、この一瞬で心を開き、気が軽くなったよ。握りしめていたあらすじ原稿は、不要になってしまった。なぜならばみんなの目はキラキラと光っていた。それに、山間特有の素朴さを失わずに持っているように、感じ取れたから。

生い立ち、現在の生活、板室の自然、夢を追い続けての五十年——私はいっきに五、六分でまくし立てた。子供たちは頑張って直立不動で聴いてくれた。それから床に座ってもらって、私お気に入りの楽曲「二千年」を子供たちと先生方に聴いてもらう。

私の作詩、鳩六助作曲。歌もとりあえず鳩六助の美声で入力されているテープが、静かに回りだした。私自身もこの何か月かの製作過程を思い描きながら目を閉じた。子供たち、先生方の息づかいが小さな波になって伝わってくる。それぞれの立場で一生懸命に聴き耳を立ててくれている。私は胸が熱くなって！　ここに、鳩六助がいたらなあと強く思った。

私に対して、子供たちから歌のお返しをしてくれるとのこと。しかも全員での合唱である。歌の題名は「記念樹」というらしい。

私は瞬きもせずに、鳥肌を立てながら、その素晴らしい歌声を聴いた。それは正に天の声であった。腹の底から素直に強く響く声、邪心の無い美しい声。歌が終わっても、私の身体に残る心地よい余韻。

私は、一生懸命ひとりで拍手を送った！

みなさん本当にありがとう。話と歌を聴いてもらったり、みなさんの素晴らしい心の歌を聴かせてもらったり、とても嬉しいです。

私は、五十歳になっても夢を追い続けています。みなさんは、めちゃくちゃ若いんだから、力のかぎりめちゃくちゃ頑張って下さい！

今日は本当にありがとう、ありがとう……。


（「警友しもつけ」平14・3）

ちんことほんこ

私の少年時代は、いつもいつも腹をすかせていた。

板室という山間の集落では、昭和三十八年頃まで畑作のみで、お米は栽培されていませんでした。水利権問題、栽培技術、開田資金の不足などの理由によるものでありました。主食は稗《ひえ》と芋類であり、その暮らしぶりは貧困を極めていたのです。

しかしながら、有り余る豊かな自然と、豊かな人情に包まれ、村内には温かい風が流れ、人々は生き生きしていた。無論子供たちは元気そのもので、いろんな遊びに心身共に打ちこんで、勉強はそれらの合間にちょっとやる程度であった。平成の子供たちはゲームマシーンと遊び、機械との対話を常に図りコンピュータと共に生育し、機械人間への道をめざしている様に思えてならない。

それはそれとして、時代に逆らいながら昔の遊びを紹介しつつ、その本質に迫ってみよう！

男の子は主にベエ独楽《ごま》、メンコ（板室ではパーと言っていた）だな。女の子は主にオハジキ、ビー玉などであり、いずれも、スポーツ感覚溢れる遊びだったねえ。これらの遊びは、ちんこゲームとほんこゲームに分かれておりました。

ちんことは練習試合のことであり、練習が終われば自分の持ち数はたとえ負けても、返却される。反面ほんこは厳しい真剣勝負であり、ゲームに負ければそれらの負け分だけ、相手方の所有物となってしまうのだ！

ゲーム資産そのものが増えたり減ったりして、運が悪いとオケラになって泣きを見ることになる。大人社会の賭け事に通じる遊びであり、悲しみとハラハラの喜びを、教えてくれたのであります。特にベエ独楽は鮮烈だったよ。少し薄暗い納屋の中で、樽に布を張り、少し真ん中をゆるませ、丸いリングめがけていっせいに投げ入れてまわす！

カチーンと激しく一瞬火花が散り、円からはじき出される。円に残った方が勝者であり、共に飛び出してしまえば引き分けとなるのです。勝者になりたくて、鉄製の独楽をヤスリで削り、限りなく低く改造するのだ。重心を低くするほど強くなる。強い回転で下側から攻めることに、情熱を傾けるのであります。

「おめぇ！　今ゆるくまわさなかったか。ゆるくまわすのは卑怯だぞ！　反則金としてその独楽もらうぞう！」

「なに言うだぁ、わざとなんかやってねぇ、たまたまだよ。俺はずるなんてしねぇ！　もう一回やり直しにすっぺ、今度はホントのほんこだぞ！」――といった具合で勝負は続くのだが、破産者も続出するねえ。ベエ独楽を全部取られたら、ギャラリーになるしかないのだ。

その結果として、ベエ独楽大量所有者が発生する。私は優しい少年だったから、利息無しで二、三個敗者にプレゼントする。さらに悟られない様に下手に投げ入れまわすのさ。徐々に均等な所有数に戻し、散々遊んでおひらきにする。友達関係の友好は保たれ、互いの胸に異質ではあるが、満足の二文字が刻まれる。

男の子はほんこに明け暮れ、戦闘的遊びの中で、世間の掟を学んでいた様に思えてならない。昔の女の子は優しかったから（平成にも優しい子はいるが）ちんこしかやらない。常に所有する数は同じであり、家庭を守りぬく術を学びあっていた様に思うのです。

互いに相手の心根を思いやりながら、遊んでいたことは確かだ。機械では学べない心の痛みや喜びを、数えきれないほど体験した少年時代に、私は心底より手を合わせ感謝したい！

私は今、昔の遊びを復活させるべく準備している。ベエ独楽と昔の少年の心を甦らせ、未来につなぎたいねえ……。

（「警友しもつけ」平14・4）

山菜と遊ぶ

当地方における山菜は、蕗《ふき》の薹《とう》に始まり、タラの芽、蕗とネマガリダ、そしてミズへと季節の移ろいを演出してくれる。地元の人、隣町の人、県外の人……。沢山の人が、山菜を求め山野や川筋を訪ね歩く。残念ながら、山菜採りのルールは確立されていない。ほとんどの人が、根こそぎ採取組なのだから辛い。

例えばタラの芽は、一番芽、二番芽、強いては三番芽まで摘まれてしまうこともある。ここまで摘まれれば簡単に枯れてしまう！　人間に例えれば、呼吸器を三回も破壊されたようなものだ。天然のタラの芽は近い将来全滅し、全てが栽培品になるであろう。

もちろん総合的な環境の変化によっての減少もあるが。一番芽だけにすれば良いのになぁ……。二番芽は小さく曲がっているからすぐ分かる。タラの木ごと、ばっさり切り取っている行為を時々見かけるが、めちゃ悲しいねえ。

「ちょっとちょっとまずいんじゃないの、そういう取り方はさぁ。タラの芽が可哀想だよ。木の寿命をのばしてやれば四、五年は採れるんだぜえ。みんなでルールを守りましようよ。」

「うるせえなぁ。みんなやってるよ。俺が採らなくたって誰かが採る。どうせ枯れる運命さ。カッコつけて、優しいふりしてもらいたくねぇなぁ。国有林の山菜摘んだって、罪にはなるめよう！」

植物には、足がないから逃げることができない。ひたすら摘まれ続けて、やがて滅び行く定めにあるらしい。その点、昔の山暮らし者は偉かったなあ。必ず種を残すからねえ。葉を残し花を残し木を残し、再生可能な範囲で山菜を摘んでいたからねえ。人口が増えて、山野が狭くなったことは認めるけれど、なんとかならんものかねえ。少し採って、少し楽しむことを広めて行きたいねえ。


私は山菜と毎日遊んでいる。

ご先祖様のおかげで、まずます豊かな自然の中で日々呼吸しています。とはいうものの、少年時代と比べれば山野は小さくなり、手入れすらされず、日に日に疲弊していくような気がする。

悲観することを棚上げして、家の回りに、小さなユートピアを創造することにしたよ！ 苦節十一年の風景が流れ、完璧ではないがそこそこの成果をつかんだ。

我が家の、庭的畑的山野的菜園を紹介しましょう。発生順に書き記すので思い浮かべてみてください。

フキノトウ、ハワサビ、ノカンゾウ、ツクシ、クレソン、ヨモギ、タラノメ、フキ、ミズ……。

という訳で、私の場合遠くの山野に出かけることは少ない。これからも、愛情を注ぎ、楽しんで食しながら増やしていくつもりだ！

町中に住んでいる山菜愛好家の場合であっても、スモールユートピアを創造できると思う。環境からの制約はあるが、たとえ一坪でも、一鉢でも当事者にすれば、そこは山菜的宇宙なのであります。犬猫等のペットもいいけれど、食べるには、かなり抵抗があるでしょう。その点山菜はいいねえ。可愛がって育てて、ここが旬のところで料理しちゃうもんねえ。

純米吟醸酒を左手に、右手に箸を持ち、友人と自然環境の延命策について語り合う。だんだん砕け合って、色っぽい話題へとチャンネルを変える。山野の風に酔い、酒に酔い、互いの人生に酔いしれながら、それぞれの山菜料理の味を噛みしめつつ、長年連れ添ってくれている必殺料理人（女房殿）に心の中で感謝する。

私は超古い人間だから、口に出してご機嫌をとるなんてできません。けど、山菜さんのご機嫌とりは常にしている。山菜は可愛いからねえ。

（「警友しもつけ」平14・5）

都忘れ草

どんなに恋焦がれても添えない恋、出会い頭に成立してしまう衝動的な恋、世の中には多種多様の恋愛生態が、まるで泡沫のように浮かんでは消え、そしてまた浮かんで人間の歴史を育んできたのだ。

ここに恋心を失いつつある中年の男が独り、ひっそりと暮らしている。女を忘れるために都を捨てたのではない。仕事に敗れたから都落ちしたのでない。山が好き川が好き自然が大好きだから、山小屋暮らしをしているという。小屋の庭先に誰が植えたのか都忘れ草が、今を盛りに揺れている。

私は都会の、妻と別居中の男に話しかけた。

「寂しくないですか？　洗濯、掃除、炊事など煩わしくないですか。現地妻でも貰ったらどうですか、田舎の女もいいものですよ」

「いやあ、ご心配いただいて、嬉しいです。でもねぇ、独り暮らしもいいものですよ、なんてったってフルタイム自分のものですからねぇ」

「確かにそれはその通りですが、私なんか田舎暮らしが長いから、都会の女に憧れますねぇ。都会の美人を恋人にできたら幸せでしょうねぇ！」

「甘い、甘いねえ！　おっしゃる通り美人は多い。しかし心の中までの美人さんは、なかなかいませんよう」

わずかな微風を関知して、都忘れ草が小さく揺れた。まるで男の心底を見透かしたように、小刻みに震えている。草花は手入れした人の心を映すというからなあ。この都会の男、虚勢を張って見栄を張ってかっこをつけているが、この冬まで持つまい、多分都会に帰るであろう。別れた妻の元へ帰るであろう。都の妻が温かく迎えてくれる可能性は、非常に小さいと思うけれど。

あれから三年、小屋先から移植した都忘れ草を手入れしながら、夢の中の都会美人との遭遇を夢見ている私こそ、哀れ……。

この哀れ状態のまま朽ち果ててはならん、起死回生の一発を放つために、何をすべきか、それが命題だ！

まず手始めに都に固執し、媚びへつらうことを止めること、年齢・職業・地位・経済力・身体的弱みなどの壁を打破して、自分は素晴らしいオスであるとの自己暗示をかける、常にかける。

健気に生きている私の元へ、都会に戻った男がふらっと遊びに来てくれました。

「どうしたの？　急にいなくなっちゃったから、心配してたんだよ」

「いやいや申し訳ない、結局のとこ元の鞘に戻ったんです、男なんて弱いもんですなぁ、正に慙愧の至りですよ」

「なるほどねぇ、綺麗な花と暮らしていても、若干の不満有りという感じですか、美しい妻と快適なマンション暮らしなんだから、不平を言っちゃいけません、幸運に感謝すべきですなぁ」

「無い物ねだりなんですよ、完全な自由を求めれば、独りで暮らさねばならんし、便利さと色気と艶ある暮らしを求めれば、都に住む妻の元で我慢せねばならん。オヤジ！　一杯注いでくれ！」

「しかし、贅沢だね、私なんざぁ生来の山奥暮らしから脱皮できない、多分一生このままだよ、死ぬまでに一度でいいから、都会の美人さんに愛されてみたいねぇ」

私は三年前の都忘れ草を脳裏に思い浮かべながら、我が儘な都会の男と酒を酌み交わし、互いの旧交を温めつつ、逃れられないオスとしての運命を語り合いました。小さな草花ひとつの思い出を肴に、酔いしれながら激論を戦わせ、二人の男は理想の女性像にたどり着いたのです。清楚で可憐で、都忘れ草のような控えめな美しさを秘めし女性、そして自分だけを愛してくれて――へへ存在するはずないか……。

（「警友しもつけ」平15・4）

狐

板室地方には今なお、頭の優れた狐が住んでいます。特に明治から昭和にかけての狐達は、優れた技を見せてくれたという。

あくまでもいい伝えではあるが、実在した逸話として今もなお語り継がれています。がしかし、電子社会の今日、昔話に耳を傾ける人は減少の一途をたどっている。危うく消去されそうになっている、怪しげな狐に纏わる古老からの話を伝え記すことにしよう。

戦前の話である。

電灯などという、明るい物は存在していなかった。夜の灯といえば、星明り、月明と決まっていた。

新月の夕暮れに、ある爺様が荷車を引いて峠にさしかかった。街の魚屋から塩鮭を買い込み、暗闇に急がされながら懸命に荷車を引いていた。谷間があるはずの闇の中に、綺麗な花火が見え隠れしているではないか！　爺様は思わず見とれてしまった。

「なんだべな、今頃、誰の仕業だべ？」

しばらく見とれていた爺様は、ふっと気を取り直し背中に寒けを感じながら歩きだした。ほんの僅かだが、荷車が軽くなったようだ。爺様は心配になって、菰をめくり上げた。

「やられたぁ！　塩鮭が消えている」

何匹かの狐が連携して、人間を騙したのである。どんな手法で、花火を見せたのかは定かでないが、狐火を見せつつ荷を盗むのだから凄い。ただし、この爺様はかなりのお人好しで、疑り深い性格ではなかったらしい。狐は、人間の知能程度を推し量りながら、いろんな技を仕掛けてくるのだという。

これもやっぱり、お人好しの男の話である。放牧しておいた馬を、回収するため入山したのだが、いつの間にかとっぷりと暮れてしまった。馬を諦めて家路を急ごうとした目の前に、温かい灯が見えてきた。

「あれ、怪《あや》しいなあ。こんな山奥に家があるなんて？」

男は一瞬の疑問をサラリと捨てて、豪華な数寄屋造りの玄関に立ち戸を叩いた。綺麗な姐様が顔を出して、手招きしながら

招じ入れてくれました。

「ご難儀でございましょう。部屋は沢山ありますから、ゆるりと泊まっていきなされまし。いい男振りだこと。すぐにお酒の用意をしますわねえ」

酒は黄色みがかってはいたが、世にも稀なる味であったという。酒の肴はふんわりした饅頭の山、これが堪らない舌触りであったそうな。

一夜明けて、男は朝露に打たれて目を覚ました。なんと、小さな洞穴の入り口に、泥酔していたのである。辺り一面に、馬の匂いがするではないか！　よく見ると、馬糞と馬尿の溜まり場に、寝かされていたのだ。

これら二つの話は、今は他界した婆様によく聴かされた実録物？……である。

前者の狐は集団で人を騙し、塩鮭を盗んだのだから、完全なる窃盗団であろう。それにしても、強盗でないところがかっこいい。爺様といえども人間様である。人間に美しい錯覚を与えつつ盗むのだから偉い！　反面、昨今の泥棒族は最低だ。万引き、置き引き、空き巣、スリなどはいずれにおいても寂しい行為の連鎖である。美意識のカケラさえ見当たらない。後者の狐は、色年増の単独犯であり、愉快犯であることは明白だ。それにしても、馬尿酒、馬糞饅頭には恐れ入った。腹が極限まで空いていれば、あるいは錯覚して御馳になるかもしれないが、吐き出すと思うのだがねえ。騙された御仁の、お名前まで発表されると、信用するしかなかった。

これら二つの事件の背景に、迫ってみよう。まず、電気が無かった。深山幽谷的な山道は、いたる所に存在していた。迷信、宗教、古老の言い伝えは、絶対確実な物であった。魑魅魍魎が、暮らしやすい環境の成せる技であったのだ。騙した狐も、騙された人間も、それぞれの古式豊かな自然と社会の中で、おおらかにゆったりと生きていたのであろう。

あれは確か十三年前、一九九〇年の春であったと記憶している。見通しのよい林道を、私は快調に飛ばしていた。百メートル余先に、チラッと何かが走った。私はいつもの癖で、獣を想い軽くブレーキを踏んだ。そして、静かに車を止めて静かに目を凝らした。

大狐である！

およそ百メートルと目測した。それなのに、手で触れているような触感を、私は感じていました。テレパシーを感じたのである。

「あんた、いい狐やってるねぇ。美しい体形と、気位を携えてリンとしている」

「君もなかなかよろしい。山道を走る時には、常に獣達の横断を意識して、安全運転をせねばならない。人間は他の動物に対して、真実の優しさを持つべきなのだよ」

当たり前だけれど厳しいメッセージを残して、大狐は杉木立の中へふわっと消え去っていった。

（「警友しもつけ」平16・2）

村九分

村八分より怖い仲間外しが、村九分である。ここは、江戸時代より細々ではあるが、永々と続く山間のI集落である。

二〇〇三年度に於ける、集落民の心情を分析してみよう。二十五世帯の中で、戦後に住み着いた家が三軒ある。これらは、山仕事のからみなどで居ついた者である。聞き慣れない姓からして、新参者であることは歴然だ。

この三軒は外様扱いで、集落の催事等の要職には就けない。残り二十二軒の裁量によって、集落の公的運営は司られている。

春の頃、統一地方選挙があった。

隣村から、県議選に立候補している男がいた。I集落では、村を挙げて応援することになった。しかし、私はたった一人で、不支持を表明した。自ら村九分に挑戦したのである。年老いた母親は、泣かんばかりに苦言をぶつけて来た。

「まったく馬鹿なんだから、せめて表向きは協力すればいいのに……。集落の皆に相手にされなくなるぞう。皆と喧嘩したって得することはなにもねぇ」

続いて、女房殿よりの苦言が続く。

「親しい友達に何ていったらいいのよ。選挙応援の割り当てを、すっぽかすことはできないわ。あんたには、大人の分別が欠如しているのよ。不支持することを押し隠して、笑いながら対立候補に投票すればいいのよ」

私には、その様な極悪非道な行為はできない。母も女房も、旧い集落の処世術菌に汚染されてしまったのだ。本音をひた隠しにして、集落の態勢に迎合しながら、最後の一線で自分の意思に従えというのか。

しかし、これでは悪い慣習を改革できない。

陰湿な処世術をいくら磨いても、明朗な村社会は誕生しない。だから私は愚になって、異端児を買ってでたのだ。隣の候補者が、公私共に正義の人物ならば、私は資財を投入してでも支援する。認知できないから、たった一人で反旗を掲げたのである。

しかしながら、ほんとうの村九分なら、村に住むことなどできない。一家して新天地を探して移転するしかないだろう。I集落の人々は、基本的にお人好しだから直接的な行動には走らない。せいぜい、陰口を叩いて誹謗中傷する程度だ。

隣の息子（四十歳）が遊びに来た。

「いや、よく来たねぇ。県議選の行方はどうなっているのかねぇ？」

「地元さえも纏まらなくて、だいぶ苦戦しているようですよ。表向きは勝ちムードだけど、中身はどうですかねぇ」

「私としては、地元系に落選して貰いたい」

「先輩は凄いですよ！　腹の中をはっきり見せて、意思を貫けるなんて……羨ましい限りですよ」

「何のために、候補者や隣人に対して媚びを売るのか、私には理解できない。自分の意見を飲み込んでばかりいたら、ストレス菌に犯されて早く死んじゃうよ。短い人生なんだから、明るく笑いながら、本音をぶつければいいんだよ」

隣の息子は、社交性にたけている。

だから私のような、猪突猛進的馬鹿正直な行為には冷ややかだ。若い人には若いなりの、処世術があるのだから責めることはできないが、噂の風は止めどなく流れ、二週間が過ぎ行き投票日を迎えた。村九分の意地を見せる日がやって来たのだ。私はローカルラジオに齧りついて、開票速報をメモしていく。二人の県議候補が、一つの椅子を争って凌ぎを削っていく。マッチレースの結果、当集落が推している候補は敗退した。

選挙とは水物である。村九分の私の一票が勝利するんだからねえ、これで私は強い少数派になれた。時代の波が、旧い集落の慣習的思想を打ち砕いたとも言える。時の権力や、目先の利益に固執し服従する時代は終わったのだ。集落民の一人一人が、自由に発言し本音を吐き出せばいい。ほのぼのムードの住みやすい集落を目指して、これからも私は村九分に快感を覚えながら、事ある毎に戦っていくつもりだ。

県議選の余韻が鳴りを潜めた五月半ばに、区長主催による集落会議があった。Ｉ公民館に二十二名の世帯主が顔を揃えた。都合で奥様などの代理出席もチラホラあった。

「ええー、以上が役所からの通達事項であります。一斉清掃、各種募金、ゴミの分別搬出など……よろしくご協力くださるようお願いいたします。皆さんから何か提案があれば、折角の機会ですから発言をお願いします」

私はいきなり挙手をして、発言の許可を求めた。

「えぇー、飼い犬の取り扱いについて、お願いがあります。最近、犬を飼われる方が急増して参りました。時代の趨勢ですから、それ自体はいい事なのですが、糞尿公害に難儀しております。夕方から夜間にかけて、放犬する事例が多発している。私の場合、糞の片付けに追われております。都市部並のルールを守る時期にきている様に思います。新区長さん、そして皆さんにルールを遵守していただきたく、お願い申し上げます」

誰も発言しない。

犬を飼っている人は面白くない、飼っていない人は知らん顔を決め込んでいる。

泣き寝入りする必要はないのです！　お互いに発言し合って、互いに思いやりながら集落の風通しを良くすればいいのだ。仲間外れを怖がらずに、八方美人の因習から脱却して、常に村九分を覚悟すればいいのです。その覚悟の中から楽園社会が構築されるはずだから……。

（「警友しもつけ」平16・3）

欲望の波

外海の海水は、一秒も休まずに勇壮な波を創造している。同じ様に人間は、命枯れるまで欲望の波を繰り返し創造する。

大欲について述べてみよう。

大金を掴みたい、高い地位を求めたい、高嶺の女（男）をモノにしたいなどが、一般的な大欲の中身と思われる。無尽蔵に金品を所有できれば、心以外の物ならほぼ手中に収める事も可能であろう。しかしながら、大欲の実践には大きなリスクがつきまとう。法律を順守しながら大金持ちになるには、株式投資が一番の早道ではないだろうか。宝くじとか公営ギャンブルなどは、よっぽどの天運がなければ成功しないだろう。その点、株式投資は精進次第で億万長者になれるらしい。

とは言うものの、私の場合は悲惨だ。

二十六年の投資歴は凄いのだが、未だに零細投資家の域を脱していない。欲望が強すぎて見切りができない、有望株を信頼できず早売りしてしまう。たまに儲けると返す刀ですぐに買注文を出してしまう。ところが、その株式は連日安値を求めて下落して行く。仕方なく塩漬けにして、真冬の生活に甘んじなければならない。何度も何度も損を繰り返しても、株式投資から逃れる事ができない。

私は農業高校卒であり、特別な資格を有していない、当然地位も無いし、特殊な既得権も持ち合わせていない。籤運《くじ》などという天分からも、見放されているらしい。小金をため込んでは株式へ、ため込んでは株式への構図になってしまっている。大欲の成せる所業と言ってしまえばそれまでだが、それ以外の要因も幾つかあるように思う。

世界規模の経済の波を推理する、上場会社の発展性を推理し、それらの決算を予想する。商品開発能力、会社年齢、有利子負債、筆頭株主、親会社子会社などを調査することは実に楽しい。

それらから引き出した結論に基づいて、自己責任の名の基に売買発注を断行するのだ。この自己責任が快感なのだ。大損も大得も全て己の責任だから、誰にも気兼ねする必要はない。大上段に大欲を構えて、思い切って打ち込めばいい！　結果が絵図面どおりに行かずとも、泣かずに腹立てず次の場面で挽回すればいい。生身の人間なのだから、最後の一日まで清純な大欲を持ちつづけるべきではないだろうか。それを達成するための手段としての、株式投資と私は位置づけたい。

小欲について述べてみたい。

小さな幸せを求めることを小欲と位置づけるならば、衣食住の満足が第一義であろう。

ちょっと昔は継《つ》ぎ接《は》ぎだらけのボロを着ていた。お下がりの衣類や、親戚からの貰い物を完全リサイクルしていた時代があった。衣類は防寒や、汗を吸い取り素肌を隠す役目が主であったのだ。その頃の食い物は、限りなく質素で腹を塞ぐための糧にすぎなかった。家は隙間だらけの板壁で、雨露が凌げればよしとされていた。なのに、昨今の衣食住には目を見張るものがある。

ブランド品を身につけて、借金地獄に落ち自己破産する女性が続出しているという。さらに、山海の珍味に止まらず、世界の食材を集めまくる日本国は凄い。それらに付随して渡来してくるBSEなどにもめげず、日本人は美食を求めて喰いまくる。そして住居だが、国内材（杉、檜、松など）を使用せずにせっせと外国材を輸入し、コンクリートを駆使し、石油製品を頻繁に張りめぐらせる。不健康型の住宅が主流となっているのでは……。

小欲も積み重ねすぎたり、抱きつづけると暴発するから注意せねばならない。そこそこの住居に住んで、たまに美味しい物を食って、たまにお洒落をするくらいがいい。小さな欲望で我慢するには、大欲での失敗を思い出すことが一番かもしれない。

無欲について述べてみよう。

多種多様な宗教の教えの根源に、無欲の二文字が据えつけられている。がしかし、人は無欲では生きて行けない。無欲の勝利などという言葉があるけれど、それは嘘である。無心に己に正直に、戦った結果が吉と出ただけの事なのである。大欲、小欲、無欲は互いに連鎖し干渉し合いながら、消えたり浮かんだりしている物だと思う。大きな波、小さな波、時として無風を愛しながら、欲望の波に揉まれ苛まれつつも、それら三態を調整するのが自然ではないだろうか。人間は生身なのだから、生々しく泣いたり、吠えたり、嬉しがったり怒ったりして、それらの波を連続させて、真っ正直に航行したいものである。

（「警友しもつけ」平16・5）

税金小話

相互扶助、国繁栄の基礎ルールを堅持しながら、一国民としての納税義務を果たす。法人に於いてもしかりである。現時点で納税義務を免除されている者に神社仏閣などの宗教法人、皇族の方々がおられ、一部優遇されている者には、福祉医療、財団社団などの特殊法人が目白押し的に乱立している。サラリーマンを筆頭に、我々庶民だけが納税義務を強いられているように思えてならない。貧乏人の僻みと一蹴されそうだが、ここに、二〇〇四年の犬の遠吠えを記して溜飲を下げようではないか。

まず消費税について、その現実に迫ってみよう。昨年度までの小売業の場合、売り上げ三千万以下は課税対象から外されていた。徴収義務と納税義務を免除されていたのです。ところが二〇〇四年四月一日より、一挙に二千万圧縮して一千万以上の売り上げ実績に対して、徴収納税義務を課したのである。零細小売り業者の売り上げ減少は、さらに進むものと思われる。

だが、免除されていた小売り業者にも、多数の小悪党がいた。徴収だけ実施して、納税しないのである。売り上げの五パーセントを、賂《まいない》してしまうのだから狡い。小さな飲食店や潰れそうな雑貨屋さんで、きちんと消費税を取られた記憶が、あなたにもあるはずです。それらの件数が余りにも多いので、今回の処置に到達したものと思われる。

それにしても、消費税は不思議な要素を孕んでいる。飲食店の場合で検証してみよう。たとえば国産牛肉だが、生産者は飼料購入時に税を支払う、中間業者（大手スーパーなど）末端小売店と同じルートで三回から四回の消費税が発生する事になる。お国のお偉方が、自分たちの無為無策を棚上げして、消費税値上げを画策したくなるはずだ。最も手っとり早く確実に、多額の税収を得る事が可能なのだから。

昔、消費税は存在しなかった。外国の物真似をして、安易な課税方式を導入したにすぎない。個人消費の冷え込みを、伸長させる元凶になっているのだが、この先の値上げ定着は必至と推定される。経済の熟成と高齢化社会の中では、消費税アップが最善の方策なのか。理解はできるが無活力な社会になるだろうなぁ……。

次に固定資産税にメスを入れてみよう。

ここまで、大都市を中心に地価下落は激流のように進んできた。地方都市、田舎についても同様である。課税評価額の大きかった大都市に於いては、課税見直しがかなり進んでいるらしい。地方都市や田舎は高止まりしたままで、ちっとも下がらず高い税金を納入させられているという。田舎の市町村にあっても、三年ごとに課税の見直しが実施されている。されてはいるが、不動産の価値下落と連動はしない。取れる者から取る方式を貫いているのだ。

時代は大きく変遷し、土地神話は崩壊した。不動産からの収入は激減し、納税義務だけが残存したのである。商業価値の高い土地だけが動いており、田舎的土地は全て凍結されてしまった。自然環境の保持から見れば、喜ばしい事なのだろうが、地主の納税義務と嘆きはまだまだ続きそうだ。

サラリーマン家庭を直撃する増税の嵐の中で、僅かに軽減された分野もある。

その最たるものは、株式の売買益課税であろう。向こう五年間、純売買益に対して十パーセントの課税とした。しかも、売却損は三年間繰り越しできる。タンス預金を放出させて、経済活性化を企む国策なのだが……。大方の庶民はそっぽを向いて、投資活動に参戦しない。一部の個人投資家や若者が、キーボードを叩きまくっているのが現状だ。

株式活況、不動産投資、そして個人消費の拡大が日本経済復活への道筋なのだが、庶民は踊らない。反面、一部の大企業とベンチャーカンパニーは元気だ。デジタル関連、中国関連、電子関連などに携わる人は、ほんの一握りの人々である。リストラの嵐をくぐり抜けた勝者達なのだ。

——巷で小耳にした中高年の会話——

「まいっちゃうよ、何でもかんでも増税だからねぇ。所得税、市県民税、年金と健康保険税、酒類と煙草税、自動車税、重量税、ガソリンなどの間接税——我が国は税金地獄だね」

「確かに、それはそうなんだが……。それらの恩恵に浴している事も事実なんだよね。弱者は少しの税しか納めない、強者は沢山の税を納める。強者の中に悪い奴がいて、脱税を繰り返す、これは許せない」

「うーん、とすれば一般的には、多額納税者に感謝せねばならんのか」

「まあ、そういうことだな。我々庶民も一円でも多くの税金を納入して、社会に貢献すべきなんだよ」

「しかしねぇ、就職先が見当たらない。中高年の男には、辛い夏だねぇ」

雇用保険、ハローワークの利用率が激減し、大都会の公園や駅周辺からホームレスが消滅した時、納税は喜びの象徴になるだろう。


（「警友しもつけ」平16・8）

両《お》親《や》

ここは那須高原の西北に位置する、小さな集落である。江戸時代中頃より、農林業を生業として命永らえて今日に至っているのです。自慢できるのは、水と空気ぐらいで他にはなにも無い。

私は四人兄弟の頭で、長男の立場にあり、両親と同居しています。農林業と零細な飲食店を切り盛りして、何とか生計を立てている。私と妻の間には、二女一男の子供達がいるが、いずれも都市部にワープして無難に暮らしている。私自身の兄弟は妹二人弟一人、いずれも都市部で、そこそこの暮らしを保っている。二〇〇四年の春現在、小さな集落にしがみつく私の暮らしぶりを紹介しながら、親子の不思議を解明してみたい。

まず父親について、回顧しながら分析して現実へと繋いでみよう。私の父は大正十四年生まれの七十九歳、若かりし頃は近衛兵であった。機械いじりが大好きで、集落の機械修理を一手に引き受けていた。農業の傍ら、材木の切り出し運送業を副業にしていたなあ……。

私が中学生の頃である。

夏休みともなれば、毎日のようにトラックの助手を務めていた。杉材や檜材をアングルまで積み上げて、矢板の材木市場まで運ぶ。一日二往復がやっとであった。途中に千本松牧場があり、その中にジンギスカンを喰わせる、大きな食堂があったのです！　父の機嫌のいい時か、あるいはストレスの溜まっていた時かは不明だが、この大食堂に、空荷のトラックを横付けにして、陣取ることがあった。私の家での普段の食卓は、主食は稗であり麦は御馳走にランクされ、銀シャリ（米）は正月の三が日しか喰えなかった。それなのに、目の前には輝く様な米の飯と、肉汁タップリの羊の赤身が涎を誘っている。

「おかわりしてもいいぞ、よっぱら喰ぇ」

私は父の言葉を疑いながら、夢中になってかき込む。世の中に、こんなに美味いものがあるなんて、感激の連続を押し殺しながら、歓喜しつつ、私は口を拭った。通算しても、二、三回の出来事ではあったが、鮮烈な画面を伴う忘れえぬ思い出の一つだ。

もう一つの大きな事件を、恥を忍んで記さねばなるまい。傍若無人な時代であり、私自身が無知であり傍若無人であった。農業高校を卒業して五年後、大手の不動産会社に勤務していた時の話である。私はある支店の経理を任されていた。本店の部長、課長、公認会計士、そして直属の支店長に煽てられながら、快調に寝る間を借しみながら激務をこなしていた。私は蛇に睨まれた蛙の様に、本店の課長の示すままに、本支店伝票を切りまくった。一年後課長は逮捕された。背任横領なのだが当然の経路として、私は捜査第二課に参考人として召喚され、調書にサインしたのである。けれど、担当の部長刑事は、温情の人だった。

「あんたは若い、勉強がたんなかったねぇ。この課長は悪人だよ。途中からは気がついていたんだろうなぁ。裁判すれば前は付かないと思うが、会社と示談出来るのなら、その方がいいと思うよ」

その時の父の対応によって、私は真面目路線に引き戻されたのであった。一言も私を責めず、会社へ幾許かの土地を差し出したのである。この時、直属の支店長さんにもお世話になったなぁ。我が子の様に親身になって、奔走してくれた。管理不行き届きを越えて、同罪扱いされていた様にも思えるが、今となっても、深い傷痕を伴う苦々しい思い出である。父の深く優しい温情に、いかに報いるか、そう思いながらここまで来たのだが……。

七十九歳の現実は厳しい。

耳は遠くなり、寡黙になり、語しかけてもほとんど返事をしない。食欲もあるし、相撲中継などは熱心に観戦しているのだが、物事に対しての好き嫌いが、極度に進行してしまったらしい。とはいうものの、私にとって父親はスーパースターである。野菜を作り、炭を焼き、饂飩を打って私の仕事をフォローしてくれる。僅かな小遣い的賃金に不平も云わず、黙々と支援してくれている。親として人生の師として、敬いながら、同居している現在に感謝することにしよう。悪いところを探せば、切りがないけれど、それらを包括して溶解する力を、父は今も保有している。

母親について、回顧しつつ語ってみよう。私の母は、大正十五年生まれの七十八才である。隣の隣に位置するM村で出生し、八キロ離れた稗飯の村に嫁いで来たのだ。実家は村の鍛冶屋さんだったから、小さい時から米の飯を喰って育ったという。けれどこの方は、食い物に執着心が薄く、肉は鳥しか喰わず、限りなくベジタリアンに近い。そのせいで、私達兄弟は皆骨細の骨格を呈している。飽食の時代なので、肉はタップリ付いてしまったが。

私が小学校低学年の頃である。

隙間風に混じって、小雪が舞い飛ぶいろり端で、大家族は粗末な夕餉をとっていた。ささいな事から、祖父が癇癪を起こし、嫁（私の母）に向かって火箸を投げつける。父は寡黙を守り一言も発しない。現代なら家庭内暴力で、警察介入まで発展するのだが、昔は耐えた、ひたすら耐える事だけが嫁の生きかただった。それでも耐えきれずに、実家を目指した事もあった。私は風呂敷包みを背負わされ、母と妹の背中を押しながら、獣道の様な林道を心細く歩く。物悲しく暗い時代だったなぁ。しかし、母は強い！　苦難の時代を乗り越えて、四人の子供を育て上げ社会に押し出した。その頃から、一人の人間としても強くなった。七十歳を過ぎた辺りから逆転して、父は母の奴隷的存在に変化した。

「まったく、とおちゃんは耳が聴けねーんだから、ほらオマンマこぼしてるよ！」

良く云えば懇切丁寧なのだが、ここまで干渉すると醜い、聴きにくい。妹の家に行く時、スーパーに行く時、病院に行く時、父は母の専属運転手を寡黙に務めている。私としては、車の運転は止めて貰いたいのだが、若い頃からの機械大好き人間だから、どうにもならない。運転中に死ぬのなら、それは本望であろう。他人様を巻き添えにさえしなければ、本懐を遂げる行為と認知できる。

年老いた母は、日常茶飯事的に奇行を繰り返す。第一番目は、お喋りである。家の内外の事全てを、知人は元より見知らぬ人にも、全部報告してしまう。それも、自分が常に被害者で善行の人であると位置づけ、自分以外の人々を悪者にしてしまう。

「おっかさん、頼むから家の中の事は喋らんでくれよ……」

「馬鹿言うんでねぇ、おらあ一言も喋ってねぇ。誰にも喋らねぇよ」

母の話には反論せずに、聴き役に徹するのが最良らしい。必要かつ漏洩しても安全な事柄については、話しかけるようにしている。

もう一つ困っている事がある。

この小さな集落は、未だ大きめの自然に取り囲まれている。囲まれてはいるが、時代は大きく変遷し、昔の生活様式をそのまま通すのには、問題を生じる事も多々ある。

母は年老いたと言っても、一応女性であるからして、曲がり腰の立ち小便を廃止して貰いたいのだが、再三の勧告にもめげずに、道路のすぐ脇や、知人のすぐ脇で小用を足している。畑仕事、山仕事に馴染んで来たのだから、外小用はやむを得ないのだが、如何せん近代にあっては恥ずかしい行為である。

「おっかさん、外小用する時は誰も見えない所を選んでやってくれ」

「ああ、分かってるよ、分かってる」

分かっちゃいるけど止められない、という事なのだろう。しかし、一概に母を責める事は出来ない。なぜならば、十年ほど前になるが、私はニュージーランドに釣行に出かけた折、南島の山奥河川敷で、大用を行った実績があるのです。どこまでもさえ渡る青空を見上げながら、清流の水音を聴きながらの大用は、幸せの極致であった。宿便よさようなら、四十六年間のストレスよさようならの、尻腹感を心底から体感したのです。むろん、猫族と同様に厚めに土砂をかけ、環境修復を実践した。悲しいけど、この事例から分かる様に、私は紛れもなく母の実子なのだ。

子は、両親のＤＮＡを継承し、その一生に置いて似通った行動を繰り返すのか。そして家系は保たれ、族は継続して行くのであろう。変化を続けながらも、両親の生きかたを後世に伝える歯車人生を、誰もが遣らされているように思う。

私も、両親の子をやりつつ、子の両親をやっている。両親の良質部分を評価して、悪質部分を反面教師にして、一歩前進した両親を目指すことにしよう。限られた短い人生なんだから、両親にも子にも、遠慮しないで発言し本音で付き合って行きたいものだ。

（「警友しもつけ」平17・1、2）

前立腺肥大

前立腺肥大とは、腺組織の増殖により、正常ではクルミ大の前立腺が、鶏卵大ないしそれ以上に肥大する疾患のことである。症状としては、排尿障害、残尿、頻尿があり、末期症状になるといちじるしい尿閉に襲われる。

五十歳以上の男子に見られる一種の老化現象であり、性ホルモンの失調が原因と言われている。私は五十六歳の男子である、したがって、右記事項の傾向を露呈した日々を体験中なのだ。事の大小はあるだろうが、普通の暮らし方をして女を愛し酒を愛した場合、誰しもが前立腺肥大へとたどり着くはずだ。

人間の身体も機械と一緒で、酷使すれば故障する。磨滅しながらあちこちに、カーボンが蓄積しそれらが固形化して行く。胆石、各種の尿石などに変化して行くのです。

これは私の偏見的持論であるが、結構的を得た見解だと思っている。前立腺は精子の製造と射精の一部を、長々と担当し頑張って働いているという。だから、若い内から休まず女を愛した奴ほど、厳しい症状に見舞われているはずなのだが、個人差は顕著に存在しているようだ。丈夫な奴は破廉恥の限りをつくしても、丈夫なままで一生を全うするらしい。

私の場合は普通人だから、人並みに前立腺肥大と戦っている。某薬品会社の漢方薬（一瓶六千円）を、すでに三年余り愛飲しています。月に一瓶呑んでしまうから、年七万弐千円也、締めて二十二万円余になる。まずまず効果が有るので、止められないでいる。老いとの戦いと言ってしまえばそれまでだが、男に取っては大問題なのだ。オスとしての機能を失えば、何事にも淡白になり中性人間になってしまう。肉感溢れる裸婦絵を見ても、美味しい儲け話を小耳に挟んでも、興奮できなくなってしまうのだ。喰って呑んで寝て、ただなんとなく時を過ごす、無気力人間の暮らしに甘んじなければならない。

――ある中年と私の会話から――

「そんなに悲観することはないでしょう。趣味を深く追求しつつ、温泉巡り、海外旅行などに憂き身をやつせばいいでしょうに」

「いやいや、そう簡単ではない。何をやっても達成感は薄くなるよ、たとえ微量でも精子を生産して放出する事の意味はでかい。仮に不能者に陥っても、復活する努力を怠ってはならん！ never give up を続けて、生々しい人生を演じれば、それなりの若さを得る事ができるのさ」

「なるほどねえ、一理も二理もあるねえ」

「若くたって不能者はいる。特に最近の情報化、電子化、デジタル化が不能者を量産している。我々中高年が奮起して、オスとしてのお手本を示さねばならん」

前立腺肥大という大障壁をクリアするために、日々の飲食に気を遣い、ランニングを欠かさず、下半身の強化に邁進する必要がある。しかしながら、鍛えすぎに留意すべきであろう。どのように元気でも、男としての魅力を伴わねば、女は愛してくれない。捌け口を求めて、悪夢に悩まされるのは辛いからねぇ。

過日、一回り先輩のS氏より、貴重な体験談を拝聴する機会にめぐまれた。肥大症状が思わしくないので、思い切って手術を断行したという。

「Sさん、術後の経過はどうなんですか？」

「いやあまいったよ。確かに、尿切れなんかは良くなったんだけどねぇ、性的衝動がぜんぜんなんだよ。術後に分かったんだけど、手術をするとその気が無くなるらしいんだよ。医者にしてみれば、私の年齢を勘案して手術を勧めたんだろうが……私ゃあ寂しいよ」

「本当なんですかあ、卵大の物を削り取るんだから、通りが良くなって復活するんじゃないですかねぇ」

「思うんだけど、その削り取る行為の時に、精子生産機能も除去されるんだなぁ」

「その可能性はありますねぇ」

Ｓ氏は苦笑いをしながら、酒を煽る様に呑んで話してくれた。信憑性は保証できないが、当たらずとも遠からじではないだろうか。バランスのいい飲食と漢方薬による治療を、中高年の皆様にお勧めしたい。若い内からの節制も、重要なポイントである事はいうまでもない。慌てて精子をばら蒔けば、哀れな末路が早めにやって来ますよう。一人一人をじっくりと愛することが肝要、捨てられるまで愛し続ければいい。不幸にして死ぬまで愛された方は、一人の女性で我慢すること、一番幸せなパターンですな。

結局のところ、捨てられるのも幸せ（次のチャンスをいただけるのだから）継続愛に浴するのも幸せという事なのさ。健丈な下半身と温かいハート、歳相応の優れた見識を持ち合わせれば、老いて益々の人生が待っているのです！　中高年諸君、前立腺肥大のハードルを飛び越えよう。

（「警友しもつけ」平17・3）

ああ、神様

ああ、神様。

私達日本人は、この地球上で最も堕落した民族になり下《さが》った模様です。ひ弱な集団根性に甘んじている。かつては、冷酷無比な戦闘能力をいかんなく発揮していたのだが……。

超大国の傘下に置かれて、牙を抜かれて五十余年、企業舎弟の位置に定着している。経済力のみを武器にして、富裕国の玉虫色理論を自負するようになってしまった。

これらの症状は、拉致問題にハッキリと明示されています。多年に亘って道義的契約違反をぶつけられても、経済制裁すら履行できず怯《おび》えている。ひたすら大義名分を唱え、関係要人の諸氏は保身的発言を繰り返す。

拉致されたご家族の心情を思うと、かぎりなく辛い。がしかし、経済制裁の手法と時期を誤れば、ミサイルが飛んで来る可能性もある。さらに、関係要人の暗殺や大都市でのテロ発生確率も高くなるであろう。

とは言うものの、このままではまずい。隣国の恫喝や武力に屈服し、御布施を支払い続けるのはまずい。「人質を返して下さい」の及び腰政策を、転換させねばならない。早い時期に、最良のタイミングで、強い民族、強い国家に大変身すべきなのだ。

しかしながら、武力を増強せよと言うのではない。精神的に、確固たる節度を持って、国連の支援を取り付けながら対処せよと言いたい。理想の駆引きとは、次のような文言ではないだろうか。

「Sさんの遺骨をDNA鑑定した結果、別人の骨であることが判明いたしました。どうして貴国は、次々と嘘を並べ放出して来るのか。心底より残念でなりません」

「それは、鑑定の誤りでありましょう」

「我国の科学力は優れております。万にひとつの誤りもありえない。この上はSさんのみならず、拉致被害者全員の即時帰国を、強く求めます。実行していただければ、ここまでの行為を水に流し、さらなる経済支援を確約いたしましょう。三十日以内に、良心的かつ道義的解答を得られない場合は、永続的に経済支援をストップさせていただきます。貴国に対し、この様な処置は取りたくないのです。どうか、我国の真意をご理解下さい」

態度、言葉、目の色のいずれにあっても、明確なる覚悟が、必要なのである。日本国は、日本人は、あまりにも優柔不断すぎる。時には、玉虫色のグズグズ外交もいいと思うが、この場面にあっては、それは通用しないと断言できる。毅然たる方針を打ち出す時なのです。

だが現状は厳しい。

超大国、それに群がる隣国などの出方によっては、さらなる不景気を覚悟せねばならないし、最悪の場合は戦争状態をも想定する必要がある。けれど、我国、我民族は戦争を放棄して久しい。戦う意志も、実戦的武力も保有してはいない。拉致被害者やその家族を思考すれば、すぐにでも経済制裁すべしと思う。けれど、我国も私も、現時点の繁栄や安全な生活を継続させたい。極めて根強くその温水に溺れてしまった。

穏便に事を運び、自国の総合利益を失うことなく、解決して行きたいと、拉致関係当事者以外の誰しもが思っているはずだ。

ああ、神様。

「最良の解決策は、どこにあるのですか？　拉致被害者とその家族、拉致加害者達、それらを傍観する大国、打開への糸口は、どこに存在するのでしょうか」

「非常なる難問ですなあ、人間には特別に深い業を与えてしまった。最後の種が滅亡《めつぼう》するまで戦は続くであろう。拉致という行為は、すでに戦争状態なんじゃよ。日本人は偉いよのう、よく我慢しておる。じゃが……、過去にあっては我慢がたらんようだったが」

「神様、そんな無責任な、勝手に人間を創造しておいて、対岸の火事を決めこむなんて、ひどすぎます」

「そう言われてものぅ。人間共は、神の領域を越えてしまったからなぁ。超光速的な大進化には、お手上げなんじゃよ。ギリシャ神話をも実話にしてしまった。自業自得じゃな」

自浄能力は残っているか？

今の人族には、そのカケラさえ見当りません。我々人間の、奥底に潜在するはずの正義、思いやり、温情を復活させて下さい。ああ、神様、復活のボタンを押して下さい。

（「警友しもつけ」平17・4）

山菜泥棒

板室の畑には、蕗、蕨《わらび》、山ウドなどが作目として栽培されています。加えて家屋敷《いえやしき》内の土手を利用し、山菜育成に取り組んでいる。春三月ともなりますと、蕗のとうが一斉に笑顔をふりまいてくれるのだが。

同時に人害多発の到来となる。

栽培育成者の心情を踏みにじる行為、山菜泥棒が横行するようになって久しい。特に、日曜祭日の監視を強化する必要ありなのだから辛い。

泥棒さんの中身にせまってみよう。

なぜか、中高年の女性が圧倒的に多い。次いで中年の夫婦者、さらには家族で進軍なんてこともある。

盗む動機を分析してみよう。

●旬の山菜を無料で食する欲求に従う。
●他人の畑、敷地内であっても、山菜は共有物と判断している。
●土地所有者が見ていなければ、盗んでもよいだろう。たかが山菜だ、見つかったら謝ればいい。

日曜日の早朝、知人から通報が入った！

現在、二人組の山菜盗人が私の蕗畑に進入しているという。またかと思いつつ、私は軽トラックのアクセルを踏みこむ――約三分で現場到着。

「もしもし、ここは私の畑なんです……看板、ロープ……目に入らないのかな……これだけ綺麗に大量に発芽しているのですから……畑だって分かりますよねぇ」

「はい……」

「あなた方は泥棒をしているんですよ、窃盗行為をしているんですよ。いい大人が善悪の分別も無いなんて、悲しいですねぇ」

「悪気はないんです。いっぱい出ていたものですから……身体が勝手に動いてしまった……すみません」

山盛りの蕗のとうを回収し、車輌のナンバーを筆記し、くやしさを堪えながら放免した。この中年の女性達が、計画犯、重犯、連犯であることは、明々白々である。捕まった時だけ、臨時に素直になるのだからずるい。また、次の土日にはどこかの畑に進入し、窃盗を繰り返すのだろう。スーパーなどで、多発している万引犯と同類である。

ちゃんとした店舗に比較すれば、山菜畑は単なる山に見えるのだろうか？　しかし、紛れもない犯罪行為である。警察介入のリスクが、限りなく小さい所に目をつけ再犯を試みる。視点を変えれば、かなりの知能犯なのである。誤採取と窃盗の隙間に徘徊する、たちの悪い犯罪者なのだ。

私は、仲良しの駐在さんに対策を相談してみた。

「参りましたよ、日本猿の波状襲撃にやられたところへ人害でしょう。しかも大量にですから。何か決め手になる防止策を伝授してもらいたい」

「困りましたねぇ、看板を立てるとか柵を巡らすとか……でしょうなぁ。悪質な場合は、遠慮しないで通報して下さい。車輌のナンバーは、必ずメモして下さい」

「はぁ。そういった方向しかないでしょう。人様の良心や理性、正義感に頼れる時代は終了してしまった」

「そうなんです。現代は心寂しい、衣食住足りていて犯罪を平気でやらかす。己の欲望を止める事ができない、ゲーム感覚なんでしょうねえ。狩猟漁猟、農耕民族の血が騒ぐんでしょうなぁ」

「う〜ん、そうなると、古代からの遺伝子の成せる所業ということになる。根っこは深い。一概に責めるのは可哀相かなぁ」

謎は解けた。なぜ、女性の泥棒が多いのか、太古の昔より、山菜取りは女性の仕事だったのである。目の前に美味しそうな、フレッシュな山菜が出現すれば、自動的に身体が動いてしまうのだ。家族の数や喜ぶ笑顔を連想しつつ、がっちり取り込もうの意識に包まれてしまうのだろう。

「駐在さん、これじゃ逮捕するのは可哀相だよ。せいぜい優しく諭し、採取しても罪にならないエリア（国有地など）を、教えてあげることにしますよ」

「いいねえ、それはいい。しかし、たとえ国有地でも根こそぎ取るのはよくない。種の保存を考えながら、自然との共生を図らねばならない」

「巡査部長！　さすがだよ。山暮らし六年ともなると、ちょっとした学者の域に達している。いかにして、自然良識マナーを広め、浸透させるか、その手法が問題だ」

林野庁の予算を少しいただいて、植物への愛情コマーシャルを作成し、テレビ全国放映を実現したいねえ。諸先生方の特別年金や報酬を、ほんの少し削減すれば費用は捻出できるのだから。

既得権を浄化させ、真実公平な行革を断行すれば、山菜泥棒を働く者なんて発生するはずがない。今こそ、心の政治、正義の行政が望まれているのだが……、道も灯も見えない。

（「警友しもつけ」平17・5）

ある開戦

人族はなぜ戦うのだろうか？

宗教のぶつかり合い、利権、利益の確保、ステータス、親分意識などが複雑に関連しているのでは。国主や軍部だけの戦いならいいのだが、意に反して巻き込まれる一般国民は、辛く悲しい。

大国政府の言い分を聴いてみよう。

「我々は自国に対しての、テロ攻撃を未然に防ぎたい。細菌科学兵器などを取り払い、地球全体の安全を確立したい。安保理の多数決は得られなかったが、少数派が正しいこともあるのだ。利権を求めているのではない。不穏なテロ政権国を打倒し、新たなる正義の政権国を誕生させたい。この地域に、安定と平和をもたらしたいのだ」

標的国政府の言い分を聴いてみよう。

「我々は国連の意向に対し、忠実に胸襟を開き査察団を受け入れている。戦いなどしたくはない。しかし、不法な攻撃を受ければ、最後の一人まで、死を覚悟して戦う。神の意志に従って、聖戦に殉ずるのみである。悪魔は大国であり我々は正しい」

N国は、大国と安全保障条約を締結している。N国政府の反応は次の通りである。

「大国の主張は、残念ながら安保理の決議を得られなかった。しかしながら大国のテロ撲滅作戦は正しい。大国とは安保条約を締結しており、これを順守して行きたい。国民の総体的利益を守るためには、この道しかないのです。時の経過と共に、必ずや多くの国民が、理解してくれるものと信じます」

N国はかつて、大国に敗戦し占領下に置かれていた。今もなお、その経緯を引きずっている。大国の庇護に甘んじながら、経済的強国へと変貌した。N国民の意見を拾ってみよう。まず開戦反対者の言い分だが……。

「国連の決議に従うべきである。武力で制圧しても、産油国に平和は訪れない。むしろ、大国及び同盟諸国での、テロ行為は活発化を辿るものと思われる。戦争から得る物は、悲しみと憎しみだけである。大国は、決して開戦してはならない」

N国は、牙を抜かれた虎だから戦争は常に好まない。と言うよりは、戦う意志と武力を、放棄した民族なのだ。犬の遠吠えを繰り返しながら、大国に追随する運命にあるらしい。

開戦は避けられないのか。

テロに対する報復と、石油争奪戦、民族としての誇りと正義感などが複雑に絡み合い、戦への火蓋が切られようとしている。

二〇〇三年三月二十日、午後十二時十五分、大国国主の流暢な英語放送によって、世界は震撼した。

「自国、そして同盟国の正義の旗印の元に、宣戦布告し我々は戦います。早急に勝利し、邪悪で危険な政府を取り除き、平穏な政府擁立を実現します。その過程が、長期に及ぶ事も覚悟して、我々は戦う」

暗雲垂れこめている標的国へ、ミサイルは放たれた。地球上のほとんどの人が、大国の暴走を心配するものの、指をくわえて見つめることしかできない。この先……参戦する国、中立を守る国、反対する国それぞれの思惑がぶつかり合うだろう。国益の損得計算を土台にして、泥沼的戦いに発展するだろう。

結果は神のみが知っている。

大国の行末は？

標的国（産油国）の行末は？

N国の行末は？

いずれにしても、弱者の方々が大量に死ぬだろう。弱者とは、大国、標的国、参戦国の前線兵と、戦いに捲き込まれる庶民を指す。開戦の罪は、大国と標的国が背負うべきだが、N国など関係諸国の罪も見逃してはなるまい。

形はどうでもよいから、一日も早く終戦するべきである。N国の役割は大きい。これまでのような、玉虫色的な行動は即やめるべきだ。敗戦国の衣を捨て去り、真実の盟友の道へと突き進む時なのだ。軍事力の低下、経済の縮小を覚悟すれば、N国は真の神国になれるだろう。国主は己の思惑をかなぐり捨て、国民に語りかけ、針路を問うべきなのだ。

この開戦、そして過程を無駄にしてはならない。血塗られた歴史を大浄化するために。

（「警友しもつけ」平18・1）

夏

テンカラのすすめ

西洋からの申し子であるフライフィッシングが、日本の源流まで進入して来た。見た目にもよく写るファッションとものごし、用具類、そしてアカぬけたマナー。どれを取っても自然環境を壊さない。しかし、日本のフィールドで、本当にリール付きロッドや、ロングラインが必要なのだろうか？

遠いポイントに対しては確かに威力を発揮する。魚に気付かれない距離を保ち、あくまでも静かに、ナチュラルにラインを繰り出していく。しかし、源流部から中流部にかけては、流れが早いのでどうしてもドラック（流れによる不自然な引き力）がかかりやすい。おまけにイワナ、ヤマメの生息域には、樹木の枝やツル草などが繁茂していることが多い。

しかも、対象魚であるイワナ、ヤマメのサイズはせいぜい三〇センチ前後。鋭い合わせ（フライを捕虫した瞬間に反応するロッドの素早い動き）をくれても、ロングラインとドラックがそのスピードを緩慢なものにしてしまう。

——とまあ、フライフィッシングの渓流における不利な点を、ことさらに強調してみた。

だからといって私は、この西洋漁法が嫌いなわけではない。その華麗さや、つきつめられたスポーツ感覚、魚類に対する優しいマナーなど、どの角度からみても素晴らしいことは充分に認めている。ただ日本国内には、フライフィッシングにマッチしたフィールドが少ないと言いたいのだ。無理を重ねてキャスティングしてイワナやヤマメを狙う姿……。なんとなく不自然に見えるのだが、これは私のテンカラびいきのせいであろうか。

フライマンがヒットした瞬間を、たまに那珂川本流の中流域で見かけることがあるのだが、テンカラ釣りの合わせと実に類似している。いや、テンカラ釣りの合わせそのものと言ってい

ニュージーランドの湖で

いようだ。ラインの繰り出し全長も、せいぜい七、八メートルのときにヒットしているようなのだ。

どうだろう、そのきらびやかなフライリールを外して、ロッドをちょっと長めにして、総重量を九五グラム内にセットして、天空道（私の勧めるテンカラ釣りの道）にチャレンジしてみてはいかがだろう。ノーリールのテンカラロッドは実に軽いぜ！

釣り人の心も軽くなる。身軽になった分だけ水面に集中できます。フライのみに注視するのではなく、その周辺にも気を配ることができる。変化する水の色も、水底で反転するヤマメの真っ白なキラ光りも見逃すことはない。

フライを追う、魚の事前アクションを捕らえることができれば、合わせへの準備ができるのだから、ヒット確率は高くなる。テンカラの場合は八番、十番という大きめの鉤《はり》を使用しているので小さい魚は自動的に排除できる。キープサイズのみを、ヒットすることが可能なのである。

たくさん釣るためにテンカラを勧めているのではない。かつて、当地方の職業漁師がアズマネザサの延べ竿で、ビシッビシッと振り込んだその魂と、フライフィッシングの自然に対するマナーをミックスした新しい釣り技である天空《テンカラ》、いや、テンフラ、フラテンとも呼べるこの漁法をぜひともお勧めしたいのだ。西洋人の釣り心技を超える、天空釣りを広めたいのである。

私は純日本人だから、テンカラの歴史とその内面的なものを大事に守りたい。なんとか天空釣りを諸外国の源流域に輸出できないものかと真剣に考えている（すでにニュージーランドでは素晴らしい成果を収めている!）。天空釣りの奥は深いし、良い意味での大和魂も生きている。その合わせの呼吸《まあい》は日本武道にも通じている。

（「栃木よみうり」平7・7・28）

五円玉の詩

太陽がギラギラ輝きだすと、ふと思い出すこと。——あれは、小学一年生の時かなあ。

板室本村——昭和二十八年　盛夏

カビ臭く、湿っぽい土間の片隅にマキばあちゃんの笑顔が浮かぶ。家の中は薄暗いのに、外はカンカン照りで暑い。

板室の短い夏のある日——イサちゃんは黒磯の繁華街から二〇キロもある砂利道を錆びの目立つ自転車でやってくる。よれよれの旗をなびかせながらやってくる。

自転車の荷台には、空色のペンキで塗られた木箱が、冷たい様相で甘い香りを放っているのです。オガクズまみれの氷にはさまれて、白と桃色のアイスキャンデーが行儀よく入っているのだ！

イサちゃんが、集落の一番南である宿尻に進入してくると、チリン、チリンチリーンと鐘の音が聞こえ出す。自転車のタイヤが小石や、中くらいの石を乗り越えるたびに美味しそうに、それは響き渡る、チリン、チリーン、チリン、チリン、チリン……とね。

私は、いそいで縁側に土足のまま、膝を斜めについて、薄暗い土間にいるマキばあちゃんに声をかける。

「ばあちゃん、ばあちゃん、イサちゃんがきたよ！　十円、十円、十えーん、くれ！」「十円かぁ」止め金の錆びたガマロを開けているようだ。「ねぇなぁーまってろ、タンスの中探してみっから」。ガサッ、ゴソッ……「あった、あった十五円もあったぞー」

私は素早く受けとって、右の手に五円玉三枚をぎっちりと握りしめイサちゃんの前に立つ、三本おこれー（下さい）！　ピタピタ……ピタ……甘い雫がたれる。イサちゃんは目が細くて、白いゴマ髭が似合う。あまり大きくない老人に見えた。だが街からきたという新鮮さと、感動を持っていたな。イサちゃんは、アイスキャンデーの代名詞であり、アイスキャンデーそのものだったのです。

いそいで縁側に戻り、マキばあちゃんと妹と私の三人でアイスキャンデーをなめる。長さは二十センチほど、厚みは二センチぐらい、割りばしがその真中に氷詰になっていました。色合いといい、サッカリンの甘さといい、今食べる、どんなアイスクリームより美味しかった。神がかってうまかった。

「うめーかぁ」とマキばあちゃん、「むーうめぇ！」私と妹はうなずく、幼い舌を通じて頭の芯まで浸みこんでくる。かけがえのない甘さを思うとき、連動して必ず鮮明に浮かんでくるのは、五円玉の感触なのです。

あの五円玉がなかったら、三人でアイスキャンデーは食べられなかったのだ。一本五円の氷菓子でさえ、思うように買えなかった少年時代が、今もなお、五円玉のブラックホールに生きています。

ギッチリと握った真鋳銅貨に、汗がベットリとまつわりつく、それをギャバ地のズボンにこすって落とそうとするのだが、どうしても汗が、汗が、と目が覚めた。

あれから、三十八年の歳月が過ぎ去ってしまった。私もすっかり中年男になってしまったが、忘れないねえ。五円玉、アイスキャンデー、マキばあちゃん、幼なかった妹、そしてイサちゃん。物も人も生き生きしていた。ごく自然な生活の中に逞しく存在していた。

（「栃木放送」平9・7・17放送）

テンカラ釣り

今日は、私の名前の由来にもなっているテンカラ釣りの話を聴いて下さい。そもそもテンカラ釣りはイワナを釣るために、職業漁師が編み出した技である。語源はよく分からないが、奥の深い漁法であることは間違いない。

私の名前は天の空と書いてテンカラと読んでいただいている。なぜ天の空なのか。それはね、毛鉤でヤマメ釣りをした時のこと。水面に落とさず空中で毛鉤を振っている。とその毛鉤を狙ってヤマメが空中へとびはねループを描き、空中でガツン！　とヒット。なにしろ空中である。水の浮力はゼロだ！　釣り人である私の身体に電流が走る。髪の毛から足の裏まで、衝撃が走るのだ！　この瞬間が天空なのだ。空中にヤマメをおびき出しヒットさせる、もうテンカラ釣りを覚えたら他の釣りは出来ません。

ただし完全マスターするのに、そうよねぇ、筋のいい人で四、五年はかかるだろうなぁ。名人の域に達するのに十年、魚たちを愛し対話出来るまでに二十年はかかるな。大概の釣り人は、入り口のところでギブアップする。

最近のN川は全て混合放流である。稚魚を放流するときにイワナ、ヤマメをブレンドして放流するのだ。生態系の面でも困ることなのだが、テンカラ釣りでも大いに困る。なぜか？　イワナとヤマメではまるでスピードが異なるのだ。毛鉤を食わえて、あっこれは餌じゃないと判断して毛鉤を吐き出すまでの時間がイワナは〇・五秒、ヤマメは〇・二、三秒。この速さを見極めるのがテンカラ釣りの極意なのだが……。

私は、普通ヤマメに照準を合わせて竿を振り込む。そこへイワナさんがボコッと顔を出す。当然私の毛鉤は手元に戻っている。イワナが怪訝そうに私を見つめる。一瞬！　私は目をそらす。ここで気配をキャッチされたら二度目のアタックはない。釣れないということだ。私は見ていない素振りをしながらイワナの遙か遠くへ毛鉤を投げ、静かに引き込み予感を働かせ、イワナを待つ。来た！　イワナだ。ゆっくりだが鋭く手首を返してヒットさせる。後は好きなように、楽しみながら岸へ寄せればいいのだ。

小学三年生のときから私は、イワナやヤマメを追いかけてきた。イワナたちにとっては言わば天敵の存在だ。最近は仏心にたどり着き、魚を眺めるだけの川歩きが多くなった。考えて見れば、名人だの釣り師だのと粋がっている内が華なのだろう。どうやらテンカラ釣りを遣り過ぎたらしい。どうも理屈っぽくていけない。

「なぁ、ヤマメさんよ。俺もそろそろ引退かねぇ。どうも気力が湧いてこないんだよ。こんなに枯れた水の中で、少ない水のなかで、やっとこ泳いでいるあんたらを釣るなんて、罰があたりそうでよ。急に去年からの超水不足だもんなぁ。この川はこの先どうなるんだろう」

「ああ、おまえさんの言うとおりだな。T遊水池の地下発電所が本稼働してから、ドカッと取水量がでかくなった。N川本流の水は限りなく減水した。こりゃあもう死活問題だな、どうにもならん」

つい最近まで素晴らしい水流を誇っていたのに、今となっては過去の夢物語。悲しいねぇ、寂しいねぇ。自ら観光資源を放棄して、次々と新しい設備施設を構築して行く、この町の未来は明るくない。N川の源流域に住む先住民の義務を果たすために、少しでも良くなるように、せめてしゃべりつづけたい、動きつづけたい。私には、それしかできない。


（「警友しもつけ」平13・6）

国民の義務と権利

あのね、タイトルは固いけど中身は超柔らかいから、ぜひ読んでください！　最近の年金事情を解剖してみよう。実に大変なことになっている。

年金を積む人がいない、特に若い人達に未加入者が多い。その反面需給する高年齢者は、めちゃくちゃ増加しているからねえ。お国の財布はパンク寸前なのであります。国民として、市町村県国の批判をし続けることもそれなりに正しいと思うが、少しはきちがえてはいないだろうか？　権利のみを唱えているのではないだろうか？　私は満五十三歳だからいわゆる団魂の世代である。戦争体験はないけれど、けっこうかなり貧しく育ったせいか、両親祖父母への感謝精神は強いと断言できる。だから国民年金を積み上げることに一ミリの疑問さえ感じることは無い。私は需給幅がどんなに小さくなろうとも、それは時の運と思うことで割り切れる。今はいないマキばあちゃん、そして今も健在な両親はそれぞれ年金を需給させていただいている（いた）のだから。

天涯孤独な人生の方といえども、数限りない先輩《せんじん》にお世話になっていることを否定できないはず。年金は相互扶助の公版なのだから、権利を振り回す前に、まずもって年金に漏れなく加入しようではないか！

介護保険についても同様ではあるが、実施までのプロセスやその中身については、承服できない事が多すぎる。ほころびだらけの政治が生み出した未熟児だね。保育器にほおりこんで育てるしか手法なし。しょうがない、協力することにしよう。

難しい法律を振り回さず、隣人・弱者にたいしての思いやりを優先すればいいのだ。義務を果たして権利を主張すればいい。引っ込み思案にならないで、それぞれの立場で今言えることをはっきりと叫ぼうではないか！　国民として一有権者として国事に対し、深く関心を持つことにしましょうよ。

今より悪くなるはずはないと思う。きっと必ず世の中よくなる。

（ある親子の会話）

「おまえなぁ、いつまでフリーターやるつもりなんだい」

「誰にも迷惑かけてないだろ、べつにいいじゃんかよう。そのうちいい仕事がみつかったら……まぁ、なんとかなると思う」

「俺の子育て失敗だな。おまえの話には具体性がない。未来が見えて来ない。フリーターでもいいんだよ。でもな、せめて年金には加入してもらいてぇな」

「年金積んでボランティアなんてしたくねぇよ。自分の金を有効に使う権利を認めてほしいね。」

「もちろん認めるけど、そのままじゃあ、おまえが不幸になるから心配してるのさ。だいたいおめぇ年金未加入で歳とってみろ。隣の年寄りがたとえわずかでも需給しているのを、よだれ垂らしながら眺めることになるぞ！」

「そんなに長生きしたくないね。六十五歳まで生きようなんて思っていねぇよ。若者の寿命はよう、環境総合汚染で短くなるらしいからよう」

「おまえな、そう短絡的に物事考えちゃなんねぇぞう。医学の更なる進歩はまちがいない。それになんつったってＩＴ産業がめちゃ伸びる、ホームページ総理が、毎日言ってるんだからまちげえねぇ？」

「…………」

二〇〇一年七月の日本国は平和そのものである。

しかしながら歴史の変遷、自然環境の大変化は避けようがない。明日勃発するかもしれないのだ！　そういった有事の時に頼れるのは秩序ある社会である。国民の一人一人が応分の義務を果たすことが第一だな。権利は後から付いて来る――きっと付いて来る。

（「警友しもつけ」平13・7）

蟬

「ジージー……ジージー……ジージー……」

「もしもし蟬さんよ、少しは休みなよ。真夏の演出を無料でやってくれるのは実に有り難いのだが、なにせ暑い。今年の夏は暑すぎる」

「まったく、つくづくおまえさんはこらえしょうのない人だね。心頭を滅却すれば火もまた涼し、人間の発明した言葉じゃないか。暑さから逃げるのではなく攻撃的に汗を流し、暑さの中に踏み込む姿勢が肝要ですぞえ」

「ごもっとも、ごもっとも。さすがだね。長期間の土ん中暮らしから、相当の哲学を学んできている。蟬さん、恐るべし」

「あまり持ち上げんでくれ、たかが蟬の戯言《ざれごと》さ。種族保存、生きるがままに、条件反射のなすがままに行動しているに過ぎん。出来るものなら私も人間になりたい。環境を悪化させる方の立場になってみたいねえ。最近の土ん中ときたら、住みにくいなんて単純なもんじゃない。ダイオキシンを先頭に、沢山の有害物質が土をいじめるんだよ」

「……誠にすまん。我々人族のエゴ悪進化は止まるところをしらない。蟬さんになんと罵《ののし》られても仕方ないなあ。自然界の保護再生が必要なことはよく理解しているんだが、破壊や活動の流れは地球が存在するかぎりやまない。悲しいけどこれが真実だろうなあ、本当にすまん」

「いいんだ、いいんだよ。おまえさんの心根はよく理解しているから。弱肉強食、栄枯盛衰、環境が壊れるのもまた自然なんだよ。成るようになって行く、それがその時代の自然なんだからさあ。悲観することはない。明るく行こうじゃないの！」

「ズバリだね！　寂しい話だがその通りだね。自然の摂理には逆らえん。そうは言うもののこのままではまずい。みんなで知恵をだしあって、それらを行動に結びつけねばならん。なんとか地球の寿命を延ばさねばならん」

「いいねえ、人族がその気になれば水も、空気も、土も息を吹き返すだろうなあ。頑張って欲しいねえ。足が泥だらけになったっていいじゃないか。やたらコンクリートやアスファルトで履いたがるが、それだけはやめてもらいたいねえ」

「ほんとだねえ。地球の表面を有害物質で覆い隠し、片方じゃあ緑を増やしましょうなんて叫んでる。こりゃあもうどうにもならん」

「まあ、難しい話は打ち止めして女の話でもしようか。今年は不作でね、女蟬の数が少ない。

大した競争率だよ。種族保存も楽じゃあない。パートナー探して日永一日鳴きっぱなし」

「なるほど、分かった。どんどん鳴きなされ。鳴いて鳴いて鳴きまくれえい！　蟬さんの思うがままに鳴けばいい。いい奥さんが見つかるといいですなあ。男なんて結局は女しだいですからねえ」

「おまえさんも、結構悟ってきたね。まぁ蟬は蟬らしく短い命を燃やすから、せいぜいおまえさんも真面目にがんばりな」

「ジージージー……ジージージー……ジージージー……」

それにしても夕立も来ない。川の水も少ない。当然ダムは空っぽだ。

人間の体はほとんどが水分だというのに、水不足は年々加速度を増して行くようだ。北極南極からパイプラインで水を運ぶなんてことが現実になる日も、もうすぐ来るのかもしれない。


（「警友しもつけ」平13・8）

日本酒

米、米麹、酵母菌、地下水、そして杜氏と蔵人の技術情熱によって、銘酒は醸造されるのです。とは言うものの、昨今はコンピューターによる温度管理が、通常併用されている。だから昔のように品質にムラがでることはない。

杜氏について誤解している人も多いので、すこし説明することにしよう。日本杜氏組合なるものがあって、三〇〇名ほどの杜氏が存在しているらしい。そのうち一〇〇名弱は新潟杜氏である。ついで多いのが岩手杜氏で六〇名余り。北海道から九州まで、それぞれの蔵元で杜氏は活躍しています。

杜氏とは酒造りの親方であり、今風に言えば工場長と技術部長を兼務している立場にある。その下に麹造りの副部長的親方がいて、この二人の上司に指図されて一途に働く要員を、蔵人《くらびと》と言います。実は、私もわずかではありますが蔵人研修を受けたことがあるのです。楽しい部分もあるけれど、けっこうきつい仕事であり気を抜くことは許されない。蔵に働く男達は（最近は女性も活躍している）寡黙で、たまに口を開けば厳しい言葉をぶつける。上司先輩の叱咤は絶対的であり、服従せねばならない。しかしながら、ひとたび仕事を離れれば温かい言葉、思いやりを投げかけ合う。

杜氏とは世襲制であり、跡継ぎは息子、息子がだめなら親戚の息子といった具合に技術は受け継がれてきたのであるが、時代の波には勝てず、杜氏制度は消え去る運命にある。

私は親方に話しかけた。

「美味しい酒作りのコツって、一言で言ったら何でしょうか」

「馬鹿なこと言うでねぇ。そんな簡単なもんじゃねぇ。おらぁ若え時からこの歳になるまで、酒作り一筋できた。そこそこの満足はあるけれど、完璧に満足したことはねえなぁ」

「なるほどねぇ。永い年月と経験と情熱を積み重ね、親方の酒は完成されたんですねぇ」

「まあ、そうだなぁ。美味い酒造ってもなかなか売れない時代だから、杜氏の仕事も辛いねえ。ビール・ワイン・焼酎・発泡酒に押されて、日本酒は年々肩身を狭くしている」

たしかに日本酒の占有率は低落傾向にあるという。各蔵元では、必死になって営業努力をしているのだが、上昇ラインには乗れないという。そこそこ、有名ブランドが頑張っている程度であり、この先も大量消費は期待できない。

巷には、輸入品を筆頭に多種多様な飲み物が氾濫している。人々は自由にその日の気分で飲み物を選び、料理を選んで優雅に暮らしている。かつて、日本人の主たる飲み物であった日本酒の行く末が心配なので、ちょっと褒め言葉を記しておこう。日本酒は百薬の長であり、美白効果抜群、約三〇〇種の微量要素内包、血行活発などなどいいことばかりなのです。特に女性の方は少しずつ常飲するといい。綺麗な肌で長生きできます。男女を問わず、適量の冷や酒を好物にしている人に長寿者が多いのであります！　がしかし、くれぐれも飲みすぎにはご注意ください。

（「警友しもつけ」平14・6）

医食同源

医食同源ということわざを、いつも念頭において日々の食事に気を遣うといい。様々な病気に対しての予防効果は無論のこと、若さを保てるのですから。

安全と鮮度を確認しながらバランスのよい食事を心掛ければ、いつも健康でいられて、お医者さんのお世話にならずにすむのです。とはいうものの、面倒くさい、時間がないなどの理由で手抜き食事が当たり前の世の中になってしまった。それに加えてアルコール、栄養剤、薬品類の摂取量が増え続けている。ストレスの大量発生する時代背景の中で、現代人はもがき苦しみながら、危険食品類を食い続けているのです。

昭和三十五年頃までの、板室地方の食い物は貧しかった。主食は稗《ひえ》である。ジャガイモ、里芋、大根、人参、ゴボウ、それとたまに食う麦飯《ばくめし》は最高の御馳走だった。鮮度と安全性は抜群だったけれど、超低カロリーだったから、板室にデブ人間は存在しなかった。もちろんアトピーなんて言葉も存在していなかったよ。

健全な食生活の本質に迫ってみよう！

テレビ雑誌などは、無責任な発信を矢継ぎ早に繰り返す。ある病にココアがいいと言えば、大衆はココアを買いに走る。店頭に、ココア品切れの張り紙が出るほどの騒ぎとなるのだから怖いねえ。高学歴社会日本の中身は、意外とお粗末と診断せざるを得ない。食に対しての探求心、好奇心、調査心を深く持つ必要ありと断言しておこう。

一言で言ってしまえば、バランスのよい食事内容が一番だ！

米、麦類、野菜、魚、肉、漬物類などを自己の消費量に合わせて、快食すればいいのさぁ、と言いつつも、私の場合は常に過食気味である。


この過食が怖い。肥満を招き、成人病を誘発させる源になるのだから。現代版の医食同源の決め手は過食しないこと、偏った食事をしないこと、それらを守りつつ時間をかけてゆっくりと、食事を楽しめばよい。健康は自然発生的に約束されます。とは言っても強い病原菌に攻められた時には、ドクターのお世話になるしか手はない。だが、日頃の食生活がキチンとしていれば、抵抗力と基礎体力は抜群に強いのであります！

「先生、どうでしょう、かなりひどいですかねぇ？　このところ、夜の部の残業続きでオーバードリンク気味なんです」

「かなり傷んでいるねえ、しばらくアルコールはストップしましょう。食事もキチンと摂って下さい。それとタバコも控えて下さい。あちこち問題ありのお身体ですなぁ。入院していただけるといいのですがねぇ」

「入院はちょっと困るんです。なんとか自宅療養の線で治療していただきたいのですが、よろしくお願いいたします」

「まあ、いいでしょう。次の診察で悪化傾向ならば入院ということにしましょう。自己努力を期待しましょう」

日頃の不摂生の積み重ねで人は寿命を縮めるのだが、反面摂生を続ければ長生きできるはず。無論たまにハメをはずして暴飲暴食したっていい。時々エンジン全開しないと管が目詰まりを起こすからねえ。車だっていつも低速運転していると具合悪くなる。いざという時に高速回転できなくなる。

たまに美味しいものをドッサリ食って、日常は細々の食事内容で我慢しましょう。オーバードリンクに注意して各部品をいたわりながら、医食同源を実践しようではないか！

（「警友しもつけ」平14・7）

お盆の風

下野の国、那須野が原西北端に位置する、板室集落のお盆行事的催事を紹介しよう。入り盆の前日に仏壇を飾る。葉付きのホウの木を左右に配し、野菜果物などを備えます。昔はこの他にしめ縄昆布などが配されていたように思う。仏事と神事が混合していたのだろう。

十四日のフルタイム、まれに十五日を含めて、近い親戚や初盆の家々は交流を深める。遠い祖先近い祖先、交遊録のあった祖先に感謝を捧げ、家としての人間としての、娑婆の義理を果たすのであります。

とまあこの辺りまでは普通なのだが、板室はちっと変わっている。ご先祖様を迎えに行きません。折からの南風に乗って勝手に仏壇まで、たどり着くらしいのだ。自主的で行動的なご先祖様なのである。

仏壇の前には西瓜を筆頭に美味しい御供物が積み上げられる。お盆が終わるまで食べることは許されない。少年時代は辛かった。指をくわえながらひたすら待つ。お盆の風が吹き去るのを待つのです。待ちに待った十六日の送り盆、庭先に稲わらの大束（昔は麦わら）を設え、供物の一部を添えて、提灯のろうそくの火を用い着火する。煙は風に乗って天空へと舞い上がる。その煙に乗ってご先祖様はお帰りになるという。むろん年々によって、吹いてくる風の方向は異なるのだが、理由づけは簡単だ。北回り、西回り、あちこちと用事をこなしながら、墓地に帰って行くのさぁ。

さあ、食えるいよいよ食える！　ご先祖様からのお下がり品を食べてもよいのです。それにしても線香臭い。鮮度が落ちている。元々の品質にも問題ありなどが相まって、味はそこそこであったように記憶している。

現代は飽食の時代、奢《おご》り昂《たかぶ》りの時代だから、かなり美味しい物でなければ、腐りきるまで仏前に放置されている。長い不景気が続いていると新聞は言うけれど、私は今だ好景気の中に住んでいる気分なのだ。

何故ならば、本当の不景気に突入したならば、仏前の御供物が腐るまで放置されるはずがない！　綺麗に食され、乾物などは贈答品として再利用されるはずだ。供物品のすべてが、完全にリサイクルされゴミは極限まで減少するであろう。こう考えると不景気も捨てたものではない。私たち日本人は、常に高い暮らしを望み続けて来た。便利性、合理性、情報化、機械依存度を高めることに反対はしないけれど、それらの頭に、不を付けてみることにも価値はあるはずだ。

せめてお盆の三日間ぐらい、ご先祖に感謝しながら、霊風に親しみ吹かれてみようではないか。私は瞑想し、今は亡きマキばあちゃんに話しかけてみた。以下はマキばあちゃんとの今昔話である。

「板室は汚くなったよ。用水堀はまるで下水だし、山の手入れはしねぇし、畑は原野化が進んで手がつけられねぇ。嘆えてる俺も加害者の一人なんだから情けねぇよ」

「んだな、確かにおめぇの言うとおりだ。おめぇも村の衆も、昔を忘れる度合いが顕著になってきたな。催事ごと全般に手抜きが目立つ。偉い人らの真似をしちゃいかんよ。板室に生まれてきたことを誇りに誠実に進まなくちゃあいかんよう」

「確かに確かに、ばあちゃんの言う通りだ！　反論することはなんもねぇ」

「ん……その素直さ忘れんでねぇぞ、他の事は少し手抜きしてもいいが、墓場の掃除と月命日の供養食品を忘れちゃあなんねぇぞ。日本酒は二合でいい。健康に気遣っているんでねぇ」

先人の教え、先人の功績を評価しながら、情報化、機械化、合理性に溺れず、山川草木、他の生命体にも優しさを注げる、人間を目指したいものである。せめて毎年、お盆の風に吹かれる三日間だけでも。


（「警友しもつけ」平14・8）

家庭内別居

二番目の娘が出産とやらで、今日から延べ二月ほどいっしょに暮らすことになりました。正直のところ、ご本人には申し訳ないが煩わしさが先に立つ。とは言うものの、私たちにとっては初孫なのだから、嬉しい素振りを示さねばならないのであります。妻は非常に楽しいらしく嬉々として、かいがいしくがんばっている。これは実に掛け値なしに助かるが、長丁場の介護生活と、飲食店の仕事を考えるとかなり不安である。

自分のベッドを娘に譲り、西側に位置する、元子供部屋に移動することになった。名実共に家庭内別居の始まりである。多分これを機に、地滑り的になしくずしに別居生活を続けることになるだろう。五十五歳にもなると同じ部屋で暮らす理由が減ってくるからねえ。書き物、読書、ラジオを愛する暮らしは私の理想とする形だ。できうるかぎりテレビを見ないことを座右の銘として、雑文書きに熱中してみよう！

家庭内別居を起爆剤にして、新たな人間形成をめざす、いいねえこれはいいよ。建設的かつ合理的であり、さらには喧嘩の回数がいちじるしく減少するはずだ。妻という女は実に不思議な生き物である。娘にも孫にも、全てを捧げることができるのだからねぇ。とは言っても、最近の妻族には合理性追求タイプも多いらしい。旧型の妻であったことに感謝をせねばなるまい。

よくよく考えてみると、私も旧型の夫らしいのだが欲深い性格なので、自分の時間を自分のために消費するために、家庭内別居を提案したと断言できる。いままで語れなかったストーリーや描けなかった景色、心情などを、ぽつぽつのリズムでいいから書き込んでいこう。とりあえず還暦までの五年間休まず、継続の心情で雑文作家を気取ってみたい。家庭内別居万歳！

ここまでは、かなり強気の構えでしゃべってみたが、不便な面もたくさんある。しばらくの間は、妻の有り難さを痛感する日々になると思う。しかし負けてはならない。人生すべからく戦いなのだから、男らしく獣のオスのように、雄々しく最後の一日まで吠えながら生きてみたい！

小さな自由を手に入れた男と、その女友達の会話を聴いて下さい。

「あのさ、俺もねぇ、やっと別居したよ。喜んでくれ！」

「ほんとに！　いよいよあなたも男らしい暮らしに入ったのね。離婚も近いわねぇ、誰かいい人紹介するわね」

「いやなに、そこまでは行けそうにない、家庭内別居てえやつなんさぁ、それでも俺にとっちゃあ大事件なんだよう。」

「小心者のあなたらしいわねぇ。ささやか抵抗、手のひらの上の戦いに過ぎないわねぇ。でも進歩、完璧な進歩よ。心からの拍手を送るわ」

「ありがとう、良識溢れるバツイチ女から褒められると、自信が沸いてくるなぁ。人間死んでいく時は独りなんだから、今から独りの時間に慣れ親しんでおこうと思っているよ。」

「あなたはそれでいいでしょうけど、奥様は内心寂しいと思うわ。まあ徐々に慣れちゃうとは思うけど、いずれにしても私は部外者だから、どうなったってかまいませんが」

今回の家庭内別居は、娘の出産里帰りに端を発している。たまには娘も親孝行すると聴いていたが、こんな形で孝行してもらおうとは、夢にも思っていなかったなぁ。

（「警友しもつけ」平15・3）

ある洋食屋

中学時代からの、男友達と飯を食った。

ある大学を出て、ある大手の会社に勤めていたが、最近左遷されて、子会社の配送センターに押し込められたという。人を押し退けて出世するタイプではない、どちらかと言うと、のほほんなのだが、芯の強い一面も内包している。海釣りが大好きで、浮気はしない、女房ベッタリ型の、安全型中年を演じていたのだが……。

「あんたは自由でいいなぁ、俺も飲食店にチャレンジしようかなぁ」

「いい勤めじゃない、子会社って言ったって、有名なんだから、給料もいいはずだ。自営業は楽じゃないよ、繁盛すれば身体がきつい、閑古鳥が鳴けば財布がきつい」

「うーん、でもさあ、そこそこに客が付けば、自分の裁量で仕事を楽しむ事が出来る。あんたを見てると、ただただ羨ましい」

「俺は農業高校卒だから、小さな百姓やりながら、小さな飲食店をやっている。これ以外の職業が見当たらない。仕方なく我慢しているんだよ、その点勤めはいい、他人資本で稼げるんだもの。厚生年金、社会保険、雇用保険を負担してくれるし、研修費も負担してくれる。人間関係の軋轢《あつれき》を除けば、これ以上の天国は無い」

「言ってくれるねぇ、反論の余地は狭いけど、俺は軋轢が嫌いなんだ。上昇志向も無いし、定年まで後八年。――時間を無駄にしたくない。あんたを真似して遅まきながら、脱サラして料理人的自由人を目指すつもりだ」

「俺は止めはしないけど、やらない方がいいと思う。定年後でも充分に間に合う」

この男は意外と頑固者であった。

俺の体験的忠告を、意に介せずスパッと退職して、調理師学校に通い始めたのである。

「どうして回り道するんだい？　繁盛店の研修生になるのが、一番の早道なのに。生蕎麦、和食、洋食、紹介してあげたのにさぁ」

「あんたの言う事はもっともだ。だが俺は基礎を身に付けて、自分なりの料理を発明し、勝負して見たいんだ。繁盛店の真似をしたくない、あんたみたいに独創性を発揮して、飄々と風の様に暮らしたい」

俺は返す言葉を失った。

それから一年と半年後この男は無謀にも、洋食屋さんを開業した。開店のお知らせは無かった。一ヵ月ほど経過してから、俺は祝い品を持参して訪問した。

「おめでとう！　これ気持ちだよ」

「すまんなぁ、恥ずかしいから連絡しなかった。形がついたら電話するつもりだった」

「ああ、分かってる。それにしてもよく思い切ったなぁ！　三ヵ月後に、今の笑顔が消えなければ、一年は安泰だよ。次々に壁が現れて来る、三年持てば成功の部類だと思う」

「ありがとう、まぁお薦めを食べてくれ、先輩の忠告を肝に命じて、精進してみるよ」

　俺は店内を見渡しながら、ハーブティーを呑む。居抜きとのことだが、かなり改装してある。厨房は中古で揃えたらしい、四、五百万はかかっているだろう。間取りや基本設計などは、居抜きの場合どうにもならない。限られた範囲の中での、模様替えしか出来ない。この店は味と接客のみで戦う事を、端《はな》っから位置づけられている。

「景気悪いのに、お客さん入っているようだねえ、大したもんだよ。俺なんか十二年目で、相変わらずの苦戦状態だ。とにかく客単価が、ひたすら小さくなって行く……」

「俺んとこは、どうなるか分からん。珍しいうちはなんとかなると思うが、先はどうなるかなぁ」

「若い娘使《こ》って、大したもんだよ。まぁ、奥さんが美容室のオーナーだから、優雅にやれるだろうが、人件費は極力抑えた方がいい。風のように暮らすのならば……」

　調理師学校の同期生が、二人ほど手伝いに来てくれているとの事だったが、無料で奉仕させることは出来ない。適正な人員の配置と、的確な営業スタンスが決められていないようだ。試行錯誤しながら、徐々に落ちついて行くのだろうが、街の中の店である、ユックリやってたら、立ち行かなくなる。俺はもっと強く深く、口を挟みたかったが、中年の夢に邁進する、男の心情に屈伏した。真実を告げ続ければ、友人関係にヒビが入る。仮に失敗しても、奥さんは美容室のオーナーである。この男は髪結い亭主なのだ、食いっぱぐれの無い境遇にある。

　少々の浪費をしても、なんら問題は無い。

けれど、赤字経営を続ければ、亭主としての立場は、限りなく低くなるであろう。大好きな海釣りを我慢して、休みも取らずに、この男は頑張っている。一年後の笑顔を期待しながら、静かに見守ることにしよう。成功すれば「羨ましい」と云い、失敗したら、「それ見たことか」と言ってやろう。

（「警友しもつけ」平15・6）

カラスの嘆き

栃木県北の会津境である板室には、屈強なカラス達が住んでいる。たぶん、ハシブトガラスと呼ばれている類《たぐい》だろう。

スズメ目カラス科カラス属と位置づけられており、ハシブト、ハシボソの二種類が、全国隅々の生ゴミを主食にしているのだ。雌雄同色で、全身黒光りしている。まるで磨き上げた鎧を着込んでいるようだ。

雑食性であり、人間の食べる物なら何でも喰う。秋から冬の低温期には、集団で就眠するという。また、古来より熊野地方では、神の使いとして知られている。だがなぜか、それらの鳴き声は、不吉な音色として伝承され、今日に至っている。

私の祖母（明治三十年生まれ、他界）の場合、カラスは葬儀人そのものだった。

「今朝は群れ組んで、カラスがないている。誰か死んだなぁ。それも近しい誰かだなぁ」

「祖母《ばあ》ちゃん、カラスは、腹空かして鳴いてんだよ」

「そんな単純なモンじゃねぇ、カラスは神様とだって話が出来るんだ。虫の知らせから墓場の掃除まで、丁寧にやってくれるよ」

確かに、人の嫌がる死体（道路上の礫き逃げされた犬猫など）を、綺麗さっぱりと片付けてくれる。しかも、清掃料金は無料で完全リサイクルしてくれます。しかし、通常の行動は悪魔の使いのような、行動を繰り返している。生ゴミ漁り、畑の生産物荒し、家畜の餌《えさ》泥棒、幼児、老人からの食物略奪などを、業務としているのが実態なのだ。人間の天敵であり、寄生虫的存在なのである。

人間の中にも、カラスに似ている族《やから》が、近年増殖しているという。口の煩《うるさ》い人、意地の汚い人、物忘れの激しい人、家を捨ててあちこちと渡り歩く人。これらの特徴を有する人々が、年々歳々増えているらしい。なんとも嘆かわしい現象である。

私は裏山を塒《ねぐら》にしている大ボスカラスに、会談を申し込み、カラス族の実態に迫ることにした。

「大ボスさん、最近の食料事情を教えて貰えませんか？」

「厳しいねぇ、毎日街まで集団出張しているんだが、日々ガードが堅くなってきている。生ゴミの搬出基準が強化され、搬出小屋のセキュリティーがきつくなってきた。おまけに不景気が続いて、美味い生ゴミが減少している。グルメの総帥としては辛い、何か対策を講じねばならん」

「やっぱりねぇ、我々の生活実態に連動しているんですねぇ。生ゴミを巡る知恵比べラウンドが終了して、いかに凌ぎ、いかに耐えるかの時代に突入したんですねぇ」

「初夏から秋にかけては、人様のおこぼれがあるから何とかなる。真冬が一番辛い、極端な食料不足に見舞われている。このところ、繁殖率が低下の一途を辿っているんだよ」

「時代の趨勢なんですよ。人間の数も低下傾向にあるんです。大ボスさんも、愛人減らして手堅く生きてください」

「ああ、分かってる。少数精鋭で種族保存に邁進するしか手はねえ、人間の営みを研究しながら、追随していくつもりだ」

カラス族は賢者の集団なのだ。

人間の行動は元より、精神的な部分をも分析して、未来を見つめている。何よりも、同属同士の戦いをせずに、上手に住み分けている。そして、大型鳥類などには、群れをなして対戦し生息エリアを死守するのだ。

だが耳を澄ませば、カラス族の嘆きが聞こえてくる。「人間様が排出してくれる食料が危ない！　農薬、ダイオキシンなどの毒物汚染度が高まってきている。我々には打つ手が無い、数を減らしながら、都市部を捨てて山間部でヒッソリ営巣すればよいのだが、悲しいかな合理的なグルメ生活から脱却出来ないんだよ」

カラス族の嘆きは、人族の嘆きでもある。東京など大都市に集中する人口構成は、より良い暮らしへの願望集中なのだ。

話は脱線して、末期的な内容になるけれど、真実に近いと思う。ある古老から聞いたのだが、カラスの肉はかなり美味いらしいのだ。赤黒くて、見た目はパッとしないが、世にも稀なる味がするという。

地球の食料生産比率は、日に日に低下している。温暖化や砂漠化の影響、さらには大地の疲弊化などによるものである。近未来に、何でも食する時代になるであろう。過去において、野犬を見かけない時代があった。貴重な蛋白源として、人間の胃袋に収められていたのである。一赤二白などと言われ、とくに茶系の犬は美味いらしいのだ。

カラスの肉が、食品売り場に登場する日が、すぐそこまで来ているのではないだろうか？ここまでは宗教上の、慣習上の理由で避けてきたが、時代は非常なる進化を遂げつつある。カラス族が繁栄している現代、二〇〇三年は人族にとっても繁栄の極みなのである。繁栄を続けるために、カラスの嘆きに耳を傾けよう。

（「警友しもつけ」平15・8）

PARASITE

パラサイトとは寄生虫のことである。

世の中には多種多様な、とても厄介な虫が数限りなく棲息しています。私どもの家庭内においても、三匹ほどの金喰い虫が居りまして、家計の柱を蝕んでおります。これらの虫は私と女房殿の合作品であり、雌が二匹雄一匹の構成となっている。

未だに夢を追い続けている夢喰い虫、夢破れて子をもうけた普通虫、路線変更して包丁人を目指す職人虫……いずれの虫も完全独立をしていないのだから寂しい。ここに至るまで随分と追肥を試みたり、剪定をしたり手入れを進めてきたのだが、理想にはかなり遠いなぁ、親の欲目を拡大してやっとこさ小さな満足に浸れる程度であります。

だがねぇ、これらの虫はけっこう可愛いのです、だから仕方なく縁を切らずに飼育している。そのおかげでこの三十年間、私は真面目に働けたのかもしれない。危ない場面もあったけれど三匹の虫に対する、養育義務（愛情も少しあった）により安全な普通路線を走ってこられたのです。

この点に関しては虫達に感謝している。上司の遣い込みに巻き込まれた時も、株式投資で追い込まれた時も、女房と大喧嘩した時も、逃避せずに頑張れたのだから。

それにしても時間の流れる速度は日増しに速くなっていく。虫どもは肥大し、理論武装し、日に日にその賢さと処世術を本物にしていくようだ。反面、飼育者である私達は皺が増え、髪は薄く白くなり、力衰え、やがてそう遠くない日に、朽ち果てる運命なのだから辛いねえ。DNAは残るだろうが、虫達の未来の半分は見ることができないなぁ……。

弱気になってみると、自分達、特に私自身がパラサイトであることに気づき、唖然感に包まれる。何のことはない、パラサイトがパラサイトを産み落とし育ててきたのである。かみ砕いて全ての自然現象を、つぶさに眺めればパラサイトの連鎖と言えるのではないだろうか？　私は一匹のパラサイトを自覚しながら、長女娘に話しかけた。

「どうかねえ……都会の暮らしは、就職戦線は、二〇〇三年の春には何が何でも自立独立してもらわねばならん、我が家の資産状態も逆ざやになりつつある。そこんとこを熟知してもらいたいなぁ。」

「ハイハイよくぞここまで貢いでくれました、感謝しております。何とか致しますのでご安心ください」

「ホントかねえ？　今まで数えきれないほど騙されたからなあ、おまえのご安心くださいは外れることが多いからなぁ」
「正式な就職は無理でも、バイトの口を増やして頑張るから大丈夫！」
「まったく困った時代だよ、大学院は出たけれど、雇ってくれる会社無しとはねぇ。とにかく幸運を祈りつつ完全就職を目指して欲しい」

長引く不況、デフレ、構造的欠陥、これらの皺寄せが若い人達を直撃している。若いパラサイト達は職場を求めながら、社会という渦の入り口で右往左往しています。私達中高年パラサイトは、ひたすら老後の心配をして、自分のことで頭はいっぱい。自分達の仕事を切り詰め、早めにリタイヤして、後進に道を譲るなんてえのは稀なんだよねえ。

私共の若いパラサイトは現在、東京に二人、宇都宮に一人、それぞれ元気に暮らしてはいるが、まだまだ進むべき端緒にしがみついたにすぎない。この世に生存する限り親虫は子虫に蝕まれる運命らしい。当然その過程の先々で親虫に蝕まれる子虫も発生するだろう。混沌とした現世において、パラサイト化は更に拡大して行くだろう。……ああ無情。

（「警友しもつけ」平15・9）

離婚の中身

結婚って何だろう？

互いに好き合い愛し合い、一緒に暮らしたいと切望し子創りに励む。人族のＤＮＡに操られ、ひたすら子孫繁栄へのエンドレス歯車の役目を果たす。二つの歯車は永遠の愛を誓って結ばれるのだが、永遠の愛などというものは存在しないのです。愛を保つためには、互いに愛のオイルを注ぎ合わねばならない。どちらかがその行為を休止すれば、喜劇的かつ悲劇的な離婚へと結びつく。

二十代前半のバツイチ女性に、なぜ離婚したのと問いかけてみた。

「成田へ行く前に判子押したんだって、随分と早い決断だねぇ」

「へへへ、私の調査ミスね。中身の薄っぺらな男だった。白分勝手だし、何でもお母さんに相談するし、自主性も男らしさも見当たらなかった。結婚までは男らしく見えたのになぁ……。私の未熟さが生んだ喜劇よ」

「てぇことは、結婚の予行演習をワンラウンド実践したという事ですかね。まあ確かに、決断は早い方がいい。軽傷で済むものねえ」

「掠り傷よ、世間の目がチョッピリ気になるけれど、どうってことないわ」

若いカップルにとっての離婚は、金銭も絡まず時間のしがらみも受けない。だから、簡単に「サヨナラ」と言い合う事ができるのだ。但し、子供が存在する場合は辛い。その親権を争って裁判沙汰になる事も多い。

次に三十代後半の、バツイチ男性にどうして離婚したのと問いかけてみた。

「子供二人は、私が面倒みてるんです。親だから当たり前なんですが、男親は辛いですよ。国の保護政策は寡婦に対して厚いが、寡夫には冷たい。おまけにリストラの波をまともに受けて、四面楚歌状態です。元女房は自分の世界だけを追求して、まるっきり扶養義務を果たしてくれない」

「困りましたねぇ。それにしても、二人の子供さんが有りながらどうして出ていったのかなぁ、出て行くとしても子供さんを連れて行くよねぇ」

「それは、昔の女性ですよ。子供は単なるペットにすぎないんです、飽きてしまえば邪魔になり子育てを放棄する。悪い女を選んでしまった不運を噛みしめています。でも、結局は自分で蒔いた胤なんですねえ。二人の子供が、最大の被害者なんです。とにかく頑張るしかない」

「子はカスガイの時代は終わったんだねぇ、壮年の離婚は悲劇そのものだね。しかし、その壁を乗り越えればきっと幸せが待っている。家族の絆を武器に、三人で頑張ってください。かっこいい父子家庭をめざして」

離婚の中身

お待たせいたしました、最近大流行の熟年離婚について報告します。大都市のみならず、地方都市にあっても多発しているという。特にサラリーマン夫妻に発生しやすく、それも高給かつ安定度の高い勤務体制が土壌になっているらしい。専業主婦を無難にこなし、子育てを完了してみると、老いに蝕まれた女の姿が鏡に映っている。独立心と青春の再生を夢見る熟女は、突如として離婚を決意するという。停年まぢかの夫は、濡れ落ち葉を決めこんでいたからオタオタするばかり「どうして、なぜなの、何が不服なの」に終始する。これは男尊女卑がもたらした喜劇（夫にすれば悲劇）なのだ。つい最近、五十歳で離婚に踏み切ったある熟女に、その中身について拝聴する機会を得た。

「よく思い切りましたね。拍手したい気持ちも有りますけど、多事多難ではないですか」

「心配なのは自分の健康だけね。基本的には、誰にも頼らない残りの人生を求めたのよ……。青空を一羽の白鳥になって、悠々と飛んでいる気分なのよ。夫、子供たち、孫たちから離脱してやりたい事をやる」

「うーん、かっこいいですねえ。散々奉仕して来たのだから、いいと思いますよ。やるだけやって、夢破れたら尼さん気分で静かに暮らせばいい。たった一度の人生なんだから、やり残しのないように完全燃焼を目指せばいいよねぇ」

「そんなに大事に考えていないの、自分の部屋で自分の机があって、奉仕業から脱出したいだけなのかも知れません。自由の怖さを、これから体験するのね。でも、船出したからには前進あるのみ……ね」

若年離婚、壮年離婚、熟年離婚。何れにも共通するものとはなんだろう？　人族（男女）の愛情の虚ろさ、不継続性、不確かさがハッキリと見えてくる。衣食住足りて、ブランド品を追い求める、現代ならではの現象で有るのかも知れない。貧乏人は肩を寄せ合って、慎ましく生きる。けれど、必ずしも愛し合って暮らしている訳ではない。貧乏人が宝くじなどによって巨万の富を得た時、悲喜劇的な離婚が超自然的に発生するのです。

人間は地球上に於いて、最も我が儘で最も狡い生き物であることは完璧に確かだ。

（「警友しもつけ」平16・6）

代行

昼席の仕事が終って、ゆったりと休みを貪っていた。電話の叫び声で、俺は正気に戻った。

「どうもマスター、Mですが、これから四人いいですかね。ゆっくり呑みたいんです」

「いいですよう！　ゴルフですか、風呂で汗流して、ゆっくりめに来て下さい」

私の飲食店は、女房殿と二人で細々やっている。岩魚、地鶏、山菜をメインにした、自然料理の店なのだ。日本酒を静にやりながら、囲炉裏の炭火と料理を楽しむように設計したつもりなのだが、客は少ない。だからこの時、私は心を躍らせたよ。

M君は貸別荘を経営している。

単身赴任で、この那須高原で奮戦している三十五歳なのだ。気のいい奴なので、このところ交流を深めていた。ただ、ちょっと人の良すぎるのが心配なのだが……。

「どうも！　いやあ暑かった。冷たいビール下さい。それと食い物は、マスターに任せるよ」

客はM君達四名だけなので、私一人で対応することにした。M君の話によると、小学校時代からの仲良しらしい。ゴルフプレイを楽しみ、その延長で俺の店に流れついたのだ。

持つべきものは、義理人情に厚い友人的客だねぇ。それにしても、幼い頃からの交遊関係が、中年まで続いているなんて羨ましい限りである。料理を適当に出し終り、頃合を見計らいつつ、年の功を発揮して、若い連中の宴席に仲間入りさせてもらった。

「初めまして。M君にはいつも、お世話になっています。皆さん兄弟みたいに和やかでいいですねぇ。どうぞゆっくり呑んで下さい」

「ここのマスターには、助けてもらってる。えーとね、こちらから田原、小泉、塩井です。皆、都内で派手に頑張っている」

田原さんは、律儀に長袖のシャツをピチッと着込んで姿勢を崩さない。四人の中で最も美形で、育ちの良さを匂わせていた。田原さんは、皆から代行と呼ばれていたので、俺は鼻っから代行車の社長さんと飲み込んでいた。

「あのねぇ、代行は彫りが有るんでねぇ。彫りが有っても入れる温泉ないかなぁ」

俺は一瞬、何のことか分からず目玉を丸くした。再び聴きなおし、長袖の意味を理解した。気まずい空気を払拭するために、俺は僅かな博学をひけらかす。

「彫りって芸術ですよねぇ。小説の世界からの知識だけですが、美の極致ですよ、キャンバスが人間ですからねぇ」

「マスター！　分かってくれるんかい。嬉しいねぇ。他に客もいないようだから、観てもらいたいなぁ」

田原さんは言うより早く手際よく、さっとシャツを脱いだ！　鳥肌を覚えながら、俺は背中に回りしばし凝視した。観音様が静に微笑んでいた。

「どうだいマスター。感想を聴かせて下さい」

「いやあ、美しいですねぇ。こんなに近くで、シッカリと拝見したのは初めてなんです。いいい、もんですねえ。どうぞ納めて下さい」

田原さんは、シャツをたぐり込みながら、控えめに笑った。

「田原さんは肌が綺麗だから、絵に立体感がありますよ。詳しいことは知りませんが、感動しました。ありがとうございました。一生忘れません」

代行車の社長ではなかった。

某大手スジ系の、組長さんの息子さんだったのである。そして組長代行をしているとのこと。

言葉とは難しいものだねえ。

やおら、代行は縦長の財布を取り出した！

「マスター、今日は気持ちいい。美味い酒と、このユッタリ気分……最高だねえ。お礼をさせてくれ」

財布に数枚のクレジットカードらしき物が見える。一万円札を探しているのか。

「代行。ご都合のいい時にいただきますから。気を使わないで下さい」

「男が口に出したからには。すまん。最近凌ぎがきついもんだから、半金で我慢してくれ」

私は素直に、五千円札を押しいただいた。人の好意を拒んではいけない。一期一会の人生を噛みしめながら……私は微笑んだ。

夕暮れになって、四人衆は帰って行った。貸別荘業、スジ系業、不動産業、車両販売業、異業種間交流を温めながら、何の気兼も無しに罵り合える仲間なんて珍しい。特殊性を内包している代行が、この会に活力を注入している模様だ。

あの時から十年の歳月が流れた。

右肩下がりの経済は、まだまだ続きそうだ。M君は、三年前に自己破産して行方知れずになってしまった。田原、小泉、塩井の三氏は、それぞれの道で活躍しているという。風の噂だから、実情は定かでないが……。

M君には、今すぐにでも逢いたいが、田原代行には、逢ってみたい気持と、逢いたくない気持と、半々である。


（「警友しもつけ」平17・6）

犬に魂を売った男

私の生業である小さな飲食店には、個性溢れる変人が時折やって来る。お客様兼釣り仲間のBという男の、破天荒な半生を紹介しましょう。

Bは私より十歳若いのだから、四十八歳のはずだ。彼の高校生時代に遡って、傍若無人な行動を追ってみよう。まず、図書館の書籍類を大量に借り出し、それを町内の本屋さんや同級生に販売したという。どんどんエスカレートし、注文を取りながら万引き行為に没頭したというのだから壮絶である。農業高校の特性を生かして、米、果実類、乳製品などの横流しにも力を注いだという。それにしても、それらの盗品を盗品と知りつつ、購入した大人達が居た事に寂しさを覚えるが、昭和四十年半ばの時代背景を考慮すれば、あり得る現象と推察できる。

学校も黙ってはいない。

停学処分になること三たび、なぜ退学にならなかったのか不思議だと、本人は遠慮がちに笑う。なんとか無事に高校を卒業し、室内装飾の会社に就職したという。農業は儲からないと判断し、とりあえず就職したらしい。

Ｂの金に対する嗅覚は、三度の停学を体験し研ぎ澄まされていた。五年後に室内装飾の会社を起し社長になった。なんとか黒字は出るけれど、建築業界に不渡りは付き物である。不安定な業務内容に、不満を持ちつつＢは知恵を絞った。

時代は、ペットブームの入り口にさしかかっていた。Ｂは犬好きではないが、お金大好き人間である。都市部でのペット霊園が手狭になっているらしい事を嗅ぎつけ、地方都市の郊外でもやれるのではと試算した。

五町歩（二万五千坪）の山林を、一挙に造成し、ペット霊園の分譲を開始した。

「土地は親のもんだろう？」

「もちろん、別会社を創って親に出資させたのさ。犬猫を焼却するボイラー、人のお墓並にきちんとした造成をし、お寺さんとの契約、年間の管理体制など……。苦労の連続でしたよ。ボイラーが高かった」

「なるほどねぇ、傍《はた》から見るほど簡単ではないんだねぇ。でも、かなり儲かっているんでしょう」

「お蔭様で、ほぼ分譲は完了した。後は月命日前の掃除など、管理業務が主体になる。安定した利益が見込めるのはいいが、税金が怖い。ごっそり持って行かれるからなぁ」

「贅沢な悩みだねぇ、私にもできますか」

「問題は三つある。仮に纏まった土地が確保できても、雪の深い所はだめだ。交通のアクセスの悪い所もだめだ。月命日が毎日発生する事を考慮せねばならない。それと、ボイラーの焼却基準が酷い。人間並を要求される。ダイオキシンなどの排出を、厳しく検査されるんだよ。結果として開業資金が膨大になる」

「なるほど、立地条件が満たされないと赤字になるねぇ。那須高原では無理だなぁ」

ペットブームは加速度を増しているが、霊園を契約してくれる人は、都市部、それも大都市系の人々であろう。田舎の犬猫は、庭先に土葬されているのが現状なのだから。

Bは立地条件と時代の波を、タイムリーに捕らえ、英断を下し成功したのだ。高校生時代の悪業の数々が、血になり骨になり、行動力へと連鎖したのであろう。だが、現在のBは極めて善人である。時たま、大脱税の夢を見るのだが、今だ実現していないらしい。

「次は何を仕掛けるんだい？」

「それを探しているんですが、なかなか見つからない。デフレとイラク戦争処理の最中で、大儲けするのは至難の技ですよ」

「まったく、私の飲食店は青息吐息だ。昨年の秋口から、人の流れがパラパラだ。いよいよデフレの末期症状かねぇ。とにかく耐えながら、次の仕掛けを熟慮して動かねばならない。じっとしていたら、誰も来なくなる。自滅だよ」

Bはすでに動き出しているらしい。

室内装飾業を固くこなし、ペット霊園の管理業に精出しながら、新たな事業の芽を育てているという。私はBの言動に注意しつつ、おこぼれにあやかろうと必死である。お金の匂いの強い人からの情報に耳を傾け、法律を遵守しながら参戦し、食扶持を稼がねばならん。親父殿、お袋殿の葬式費用、あるいは長期入院費用など。あぁ、お金が欲しい。

Bのような大きな仕事はできずとも、その行動学を模倣しながら、残日を強く美しく生きて見よう。破天荒、傍若無人な過去の悪遺産を、善に変貌させ活躍するBに、心からの賛辞を送ろう。

私は今、Bに負けじと新たな炎を燃やしているところだ。手法や結果は異なっても、Bが羨む事をして見たい！　犬に魂を売った男に、負けてなるものか。


（「警友しもつけ」平17・7）

イタリア食堂

お客様の大半から、偏屈者と呼ばれている男がいた。東京から自然の暮らしを求めて、那須高原に流れ着いたという。推定年齢は、五十代後半でガリガリに痩せている。職業は、イタリア食堂《レストラン》のオーナーマネージャー、奥様がシェフという、珍しい構成なのだ。

私はどちらかというと小太りで、過食症を売り物にしている。そして、那須高原の端っこで、田舎系の飲食店を生業にしています。という訳で、近所に越して来た偏屈男の、動静が気にかかるのだ。

二月の寒風に背中を押され、飲食店研修を大義名分にかかげ、イタリア食堂に出向いた。ランチの終り時間を狙って、茶色の木製ドアを引っぱる。「カラカラ、カラーン」と心地よく鐘の音が鳴り響いた。口髭をたくわえた、ヒョロヒョロ男が目に飛びこんで来た。一瞬だが、ヨーロッパ風のカマキリを連想したよ。

「一人なんですが……」

「どうぞこちらへ。窓際がいいでしょう」

ここのオーナーマネージャーは、都会の人間だ。物腰といい、言葉つきといい、都会の垢に染まり切っていた。しかも、充分に偏屈菌を発散している模様だ。

「いいお店ですね。外国に来たみたいですよ。まず、そのイタリア製のビールを下さい。呑みながら料理決めますから」

「ハイ、分かりました。もしかして、天空《テンカラ》さんじゃないですか？　別荘のお客さんからの、手配書にピッタリなんですよ」

「ズバリ、大当たりです。研修ランチのつもりで、お邪魔しました」

「ありがとうございます。私の方こそ、地元の情報を聴きたいですねぇ」

俺はビールを傾けながら、店内に目を走らせ研修に専念した。よく磨かれ、よく清掃されている。挨や蜘蛛の巣が見当たらない、俺の店とは大違いだ。長年に亘って収集されたと思われる西欧風の調度品と小物が、どこかしこに陳列されている。無言の圧力が私を包みこむ。

「えーと、このミラノ風のカツステーキを下さい。それと、ビールのお代わりを下さい。マスターは、東京から来たんでしょう」

「ええ、そうなんです。港区で同じ仕事をしていました。東京は商売にはなるんですが、気が休まらなくてねえ、安らぎと美味い水に憧れて、ここへ来ました。安らぎは手に入れたんですが、極端に売り上げが少ない。特に冬場は辛いですねぇ」

「そうでしょう。私なんか、一月~二月は完全休業です。雪と寒波には勝てませんから。でも、マスターの店は設備が完璧だし、奥様の料理技術も評判だから、地元客も多いんでしょう」

「いやぁ、それがねぇ、珍しがって一、二度は、顔を見せるんですが、なかなかリピーターにはなってくれません。都会系の旅行社や、別荘系の客が主体だから、シーズンから外れるとこの有様です」

「俺の店はもっとひどい。地元系はゼロに近いんです。田舎料理の店は、田舎人に嫌われますから……」

俺は素直に思った。

このマスターの、どこが偏屈だというのだ。まるっきり正直な、都会派の中年男ではないか。自分にも、相手にも直球言葉を投げる奴を、世間では偏屈者と呼ぶらしい。

ミラノ風カツステーキは、旨み深く重厚な味わいであった。たくさんの香辛料を感じながら、気分よく平らげ、口を拭いつつコーヒーをオーダーする。

「このコーヒーも抜群だね!」

「そうでしょう。ブレンドとドリップには、自信ありますから。よかったらお代りしてください」

俺は遠慮せずに、三杯目の特製ハウスブレンドを口に運ぶ。久々に満足できるランチタイムだった。旨い物はお金で手に入るが、ぷらすされる心情にぶつかることは少ない。客と店側の、周波数と偏屈偏差値が、カチッと同調した時、御互いに満足できるのだ。

奥様シェフの顔は見られなかった。

このレストランは、料理担当、サービス担当に完全分立していた。少し淋しいが、繁盛店のシステムには逆らえない。俺の店が異常なのだ。常に客が乏しいので、客としゃべり、客と呑むスタイルが通常化してしまった。これは遺憾な。常に満席なら、会話する暇なんてありゃしない、呑んでる暇もあるはずがない。俺は、交流に酔い痴れて、飲食店の本分を放棄しているのかも知れない。

イタリア食堂から、学んだものはたくさんあるけれど、ひとつに絞るとすれば、プロ意識に徹することだろう。頭のてっぺんから、足先の指まで、プロに成り切ることだ。

（「警友しもつけ」平17・8）

秋

動物たち

タヌキ

ある年の秋、車にはねられて仮死状態になっていたタヌキを保護し、手当てして、野に放したことがある。

道路上でご臨終となってしまったものもいる。畑の作物が好きだから、最近の作付け減少傾向に頭を悩ませているらしい。主食はネズミだが、カエル、ジャガイモ、サツマイモ、穀類、昆虫などなんでも食う。板室の畑周辺にも三家族ほどがいるようだ。人をだますと言われているが、これはウソ。とても驚きやすいデリカシーな動物で、仮死状態を武器に、難を逃れることが多いのだ。いわゆる「死んだふり」である。

「板室集落も都市化が進み、百姓をする人が減ってきたなぁ」

「おまけにフルスピードの車」

「若い男や、女の運転は恐ろしいね」

「目茶苦茶な奴らに俺の仲間もずいぶんひき逃げされたよ」

「それなのに、逮捕もされないし罪にもならない」

「人間さんよ、ひどい話だと思わんかね」

キツネ

初冬の夜十時過ぎ、市道を足早に横切る大ギツネを、間近に見たことがある。普通は遠距離でしか見られない。人を寄せつけず、遠くからしっかりと観察されてしまう。ジーっと見つめられると心の底まで透視されるような気がする。最近は人里近くに住んでいるらしい。ニワトリやウサギが大好物で、人間が飼育しているものをやたらと盗む。十年ほど前、小学生の息子が飼っていたウサギ親子十一羽を一夜のうちに皆殺しにされたことがある。息子は大泣きした。しかしながら、その気品あふれるハンティングぶりには低抗できない。なにしろ頭がいい。犬だって簡単にだまされるほど、その逃げっぷりは見事である。

「オイ、人間ども。飼い犬をやたらに捨てるなよ」

「俺たちのエリアが狭くなって困っているんだ」

「それに、飼い犬は自然のルールを知らない」

「飼いネコも同じだよ。最近、野ネズミが減って、まいっているんだ」

「キャットフードで我慢していればいいものを」

「誰が悪いったって人間が一番悪い」

「誰だい、キツネがズルイなんて見当違いなことを言っているのは」

山ネコ

この周辺の山林には、野性化したネコがかなりいる。元は飼いネコだった。私は、これらのネコを山ネコと呼んでいる。寒さにも強く、深い雪の中を平気で歩いている。コタツで丸くなるなんていうのは軟弱な飼われネコの話である。さんざん可愛がって、飽きてしまうと車でやってきて、ポイと山道に捨てていく。大きいのもいれば、目の開いていないものまでさまざまだ。人間が山ネコを作ったのだ。イリオモテヤマネコならぬ、イタムロヤマネコである。もっぱら野ネズミと生ゴミが主食らしい。眼光が鋭く人間には絶対に近寄らない。近寄ってくるのは単なる野良ネコである。

「おいらたちは好きで山ネコになったんじゃない」

「人間どものエゴイズムじゃないか」

「今おいらたちは幻術の特訓をしている。そのうち大型の化けネコになって見せる」

「もちろん、昔の飼い主に復讐するためさ！　心当たりのある奴は、せいぜい用心するがいいぜ」

ニホンザル

板室付近には、深山《みやま》ダム奥をテリトリーとする五〇頭ほどの一群がいる。はぐれザルやカップルをよく見かける。最近は暖冬のせいで山奥もエサが豊富とみえて、今のところは生態系もなんとか守られているようだ。ビロードの茶ばんてんを着込み、一杯機嫌の顔色をして、自由奔放に駆け回っている。時々、エサを投げかける人を見るが、それは真実のやさしさではない。餌付けする心があるなら、もっと自然を大切にしてほしい。たばこの吸い殻、空き缶、ビニール袋などを捨てないでほしい。

「オイ人間ども、俺たちは見世物じゃないんだぜ。少しぐらい頭がいいからって、威張るんじゃないよ」

「俺たちの仲間に入らねえかあ……。金はいらないし働きすぎもない！　猿酒飲み放題！　自然の秘密を教えてあげるからさあ。くだらない政治家にふりまわされているよりは、ずーっとましだと思うがねぇ」

ニホンリス

私の造ったイワナ釣り場周辺には、クルミの木が多いので、秋口にはリスがやたらとやってくる。十一月の頭だったか、オニグルミを二〇〇個ほど収穫した。翌日皮をむくことにして、一晩だけ玄関のすぐそばに積み上げておいた。ところが、一夜明けたら、ほんの少し青皮を残して消えてしまった！　家の者が片付けたのだろうと思い聞き回ったが誰も知らない。私は二、三日考え込んでしまった。今どきクルミを盗む者どいない。よくよく残された皮を分析し、状況判断してみると、どうやら犯人は……

一晩のうちに何匹で運んだかは知るよしもないが、せっせとどこかへ貯食してしまったのである。腹は立ちません、愉快な事件として私の心の中に残っています。オニグルミもニホンリスに食われるのなら本望であろう。そう思ってクルミはあきらめ、リスのこまめさに拍手を送ったのである。

「オイ見ろよ、こんな平らな所にクルミがいっぱいあるぜ」

「集める手間がはぶけるな」

「人間に見つからないうちに、全部運んでしまおうよ」

「合点だ！」

ツキノワグマ

クマを追いかけるハンターが激減し、その恩恵を受け、クマ族は相当増えているらしい。沼の原奥から三斗小屋温泉にかけて、よく痕跡を見ることがある。たいていは敵さんの方で気を利かせて逃げてくれるので、出合い頭以外は事故に遭うことはない。ツキノワグマは遠慮深いから、ちゃんと道を開けてくれるのだ。

「ハンターが少なくなってよかったよ」

「特に木の俣集落のXさんが、ライフル銃を警察に返納したというからねぇ」

「安心して冬眠できるというものさ」

「ほんとうにねえ。あのXさんというハンターは、私たちが冬眠する穴の中へ銃口を向けて侵入してくるんですもの」

「命知らずのXちゃんに、仲間もずいぶん殺されたわねぇ」

「そのたびにマスコミに掲載されて英雄気取り」

「まあ、ナイフ一本ぐらいは許せるけど、飛び道具で勝って、どこが英雄なのさ」

「笑っちゃうわ。素手でぶつかってくるか、ハジッコ歩くか、どっちかにしなさいよ!」

ツグミ

「キッ、キッ、キキキキ……」と鳴きながら歩くのが、大好きな愛きょう者である。ところが、この上ない美味であるがために、輸入品を中心に有名焼き鳥屋さんではしっかりと品書きされている。したがって密猟が後を断たない。実に困ったものである。熟し柿が好物。ミミズにも目がない。私が釣り場の土砂揚げをすると必ずやってきて三メートルの間合いで何時間でもチョコンチョコンとお供をしてくれる。土砂の中にいるミミズを食うためなのだが、私は忠実な部下ができたものだと信じ込んで、重労働に精を出す。
「困ったものだよ。俺たちの肉質が馬鹿受けするものだから、密猟者が後から後から出現する。もっともこの板室地区は大丈夫。特に昇兵衛どんの所有地内は最高だよ」
「この昇兵衛エリアに骨を埋めるつもりだ。昇兵衛どんがこのことを聞いたら喜ぶぜぇー」

コノハズク

「ブッポウソウ、ブッポウソウ」と鳴く。頭の上に耳バネがあり、これがかわいい。そのためにミミズクと呼ばれることがある。五月上旬に南方から渡ってきて、十月ころまで当地方に住むらしい。実は、私の釣具ショーケースの中には、コノハズクの剥製が、一羽ちょこんとすまして店番をしてくれている。我が家の裏にある竹やぶに住んでいたのだが、ある朝、天敵（正体は不明）に追われて建物に激突し、ご臨終となってしまったのだ。娘が拾ってきた時はまだぬくもりが感じられた。かわいそうだが仕方がない。知り合いの剥製師に頼んで加工してもらう。それ以来、当店の愛鳥となったのである。

「頼みもしないのに剥製なんかにしやがって。人間て勝手だねぇ。それでもかわいがっているつもりかよ。おまえみたいのを自己満足、エゴイストっていうんだよ。これだけ嫌味を並べれば俺もすっきりして剥製やってられるな」

ヤマドリ

代表的な狩猟鳥である。乱獲と環境変化で数は少ない。だが、最近はハンティング熱が冷めてきたことで回復傾向にあるようだ。これは内緒の話だが、ある年の十二月半ばのこと、傷ついたヤマドリのメスが私の経営する自然料理『てんから』の玄関先数メートルの所に倒れていた。発見した時には冷たくなっていた。数ケ所の突き傷はオオタカによるものに違いない。昔から言われている「タカ落とし」である。その数週間前に私は一頭のタヌキの命を助けたので、たぶんそのお礼であろうとこじつけて、ていねいに羽根をむしり、肉を小分けして冷凍保存した。年末から一月五日までに来店したお客様はついていた。

ヤマドリスープの天然手打ちそばが食えたんだからね。羽根はテンカラ毛鉤《けばり》のマテリアルとして、高価なプライスをつけて保存してある。

ヤマドリの数が保たれている理由に、比較的高地六〇〇～一二〇〇メートルに住みつき、木止まり（杉の木などの常緑樹の高所）していることをあげたい。狩猟犬、キツネ、オオタカなどの追跡を回避するための必須条件なのだ。〝芸は身を助く〟である。

「俺たちはキジみたいに馬鹿じゃないから、人里にはあまり出ないよ。止まり木だって杉林か樅の木と決めている」

「犬を連れている人間が一番こわいからね」

「オオタカはほとんど見かけないよ。やっぱり人間が最大の敵だな」

「困ったことに、俺たちは姿が立派で、その上おいしい肉でしょう。それが災いして人間に追いかけられちゃうんだよ。美鳥は辛いなぁ」

（「栃木よみうり」平7・5・12、6・2、6・9）

岩魚《いわな》からの手紙

私宛に、しかも親展扱いで、那珂川水系の支流・小佐飛川に住む岩魚から手紙が届いた。私も何度かテンカラ釣りの折に対面したことがある古老岩魚だ。以下はその要約。ぜひとも、ご一読いただきたい。

☆

とんでもない計画が小佐飛の源流域に立てられた。おらあ、この歳になるまでにいろんな天変地異を体験しているが、その話は、そんなヤワなもんじゃやねえ。百戦錬磨の俺も無力だった。東洋一の大型揚水ダムだ。十年もかけて、天文学的な金をかけて。これじゃあ、俺たちの生息域は壊滅するしかあんめな。工事に伴う土砂流、セメント水が十年間も流れてみなよ。俺たちの大事な大事な食糧幼虫はすべて死ぬ。遅かれ早かれの差はあるが、結局のところ、俺たち日光岩魚も絶滅するってことだんべ！

仮に数十尾生き残ったとしても、ダム完成後の水流は死んでいる。源流、上流部に住む川虫たちの繁殖には、早い流れと澄んだ水質が必須なのだから。

実は、この手紙は俺の遺書なんだ。俺はとっくに霊界なのよ。岩魚の遠吠えやりながら暮らしてんだよ。俺の死因は、悪性の環境破壊ガンらしい。本当の病名は大型ダム後遺症症候群という。この川では、釣り人に釣られて死に至った岩魚なんてえのはごくわずかなのさ。

漁協にしても何考えているのかさっぱり理解できんよ。多額の補償金をもらっているらしいが、俺たち岩魚族の生息域には還元ゼロなんだからねえ。稚魚放流すればいいってもんじゃねえ。ましてや山魚女との混合放流なんて、言語道断。岩魚族は死滅するしかあんめえ。

河川課、漁協さんに一言。もう、ダムを壊すわけにはいかめえから、それは泣き寝入りするとして、河川内外の浄化作業を進めてくれ。あの、ものすごい土砂とゴミの量。それに釣人や山菜採りなどの入山者への、マナー教育・取り締まりを強化し、さらに水質保全のための方策を考えてもらいてえなあ。

でも、こんな手紙をいくら書いたって無駄だ。これまでも何十回となく関係機関の門を叩いてみたが、いつだって調子のいい返事だけなんだから。

俺は若い時分からタバコの吸い殻が苦手でね。那珂川水系北部に位置する、某市の某課に頼み込んだことがある。

「係長さん、俺たち、吸い殻で死んじゃうよ。ニコチン毒に冒された上にフィルターの山だよ」

「そんなにひどいんですか。私は釣りをしないので、よく現状を知りませんが」

「とにかく、タバコ一つ管理できない釣人に、自然界のマナーを論じてもしかたがない。だから、教育の第一歩として、携帯吸い殻ボックスをすべての釣人、入山者に強制的に持たせることから始めて下さい。それを監視・指導する要員組織まで発展すると、なお結構なんですがねぇ」

「古老岩魚さん、そう矢継早に言われても……。金を直接的に生まない事業には予算など出ためしがない」

「無理を承知で、せめて吸い殻ボックスの予算化くらい、係長で何とかならんのかい？」

「えー、とてもよいことなので頑張ってみます」

「頼むよ。係長生命をかけろとは言わんが、少しは男気を出して精進してよ」

「了解しました」


あれから二年の歳月が音もなく流れた。未だに何の連絡もない。俺が、力のない老いぼれ岩魚だから、軽く見られてしまったようだ。この春、放流された稚魚岩魚は、ありゃあ岩魚じゃない。めちゃくちゃに交配され、原型を失ってしまっている。今度生まれ変わる時には、俺も人間になりたいよ。岩魚を人並みに扱う、企画と行動を実践するためにね。

（「栃木よみうり」平7・9・8）

山あそび

朝早く家を出て、でっかいお月様が黒い松林の上に顔を出すまで、山の中で遊ぶ。ひたすら遊ぶ。理由は簡単だ。家に帰ってもおいしい食い物などないからだ。秋ともなれば、日がな一日、山の果実類を追い求める。日本猿の仲間入りだ。

俺達の群れは多い時で七、八人。もちろん男だけだ。頭脳程度は猿より少し上であったと思うが、敏捷さでは遠く及ばず、高い木の枝に苦戦を強いられたものだ。特にアケビ採りの時は困る。十メートルもある雑木のてっぺんにうまそうに熟しているから、時々危ない場面があった。

「Sくーん、アケビ採りにいかねぇかぁ」

○○屋のMくんは俺より五歳年下のくせに、平気で「くん」づけをする。小刀をポケットに入れた俺とMくんは、それぞれの幼い弟を引き連れて、総勢四人の弱小軍団を形成した。まだ足元のしっかりしない二人の子供を連れて山の中を歩くのは辛い。アケビはたくさん採れないだろうが、全員の口にアケビを詰め込まなくてはならない。俺とMくんは親猿の役目を果たさねばならぬ。

馬頭観音様の裏手に続く小さな沢沿いをキョロキョロと頭上に気を配りながら歩く。

「オットー、あった、あったぞー」

かなりの高さに大粒の紫アケビが四〇個くらい鈴なりにぶらさがっている。俺達の方を見下ろして、大きな口を開けて笑っている。透き通った甘さを漂わせて、ここまで来れるかい……と誘っているのだ。

よじ登れるのは俺だけだ。

「よし、おめえら、俺がアケビをそっくりと落とすから、ちゃんと拾えよ。俺が降りるまで食うんじゃねぇぞ」

念を押してから、古いゴム長靴にムチ打って木に登る。八メートルほどの高さなので、そんなに恐怖感はない。上へ上へと登り、アケビの群生にやっと手が届く。ほどよく色付いている。

「ほら、おめぇらぁ、よく見てろ。投げるぞー」

地面には二、三〇センチほどの都笹が繁茂しているので、もぎ採ったアケビを見失う恐れがあるのだ。手の届くところは全部採りこんで手当たり次第に放り投げた。都笹の上にガサッ、ガサッと落下する。それをガサラ、ガサラと探し集める音が聞こえて来る。

そろそろ降りようかと太陽を仰いだ一瞬、ベキーッと、力をかけていた枝が足元から消えた。頭の中が白くなった。夢中で両方の手に力を入れると、アケビのツルと雑木の幹に手がひっかかり、事なきを得た。Ｍくんは気が付いて、心配そうに俺を見ていたが、幼い二人はアケビ探しに熱中していた。俺はホーッと一息ついてユルユルと降りた。

アケビは三〇個ほどあった。

「みんなでアケビ食うかぁ」

「タネは飲み込むなよ。あしたウンコが出なくなるぞ」

「大人だってタネを食い過ぎて、医者を上げたって話があるんだぞ」

返事する者がいない。三人とも、口の三倍はある大きいアケビをクチャクチャとやっている。甘い汁だけをのどに流し込み、口いっぱいのタネをペェーッ、ペェーッとそこらじゅうに吐き出すのだ。

「やっぱり紫アケビはうめぇなぁ」

「ああ、高い所にぶら下がっていたのは、うんと甘いな」

「またアケビ採りに行くべーな」

アケビ以外のことは何も話さず、家路への獣道を一列になって歩いた。とっぷりと日は暮れて、太くて黒い松の木の間に、オレンジ色のお月様が顔を見せていた。

（「栃木よみうり」平7・9・22）

市之助爺のエメ猟

この小話は、私の祖父である市之助爺の、ヤマドリ猟の話である。彼は三年間の闘病の末、昭和三十八年の初夏に他界した。享年七十歳であった。

筋骨たくましく、顔はキリッとして、正義感強く、真のマタギ根性をもっていたように思う。しかも講道館柔道の四段であり、快男児そのものでありました。だが激しい気性ゆえに、嫌われることも少なくなかった。しかし、私は、子供ながら崇拝していたように記憶している。そんな私だったから、親父どのよりも祖父の血を強く引き継いだらしい。

彼はいわゆる職業猟師だった……マタギだな。もちろん晩秋から春にかけての猟期以外は、百姓仕事が生業なのです。ちょっと横道に逸れるが、市之助爺は、元近衛兵でしかも騎馬隊に所属していました。その写真が一枚かなり赤茶けて残っているが、まるで三船敏郎ばりのりりしさでありました。

さあ、いよいよ市之助爺のエメ猟の話をしよう！　昔の猟銃は、ほとんどが単発で、主に村田銃なるメーカーが幅をきかせていたように思う。むろん、二連発銃もあったのだが、高価で市之助爺には手がでなかったらしい。とにかく貧しいのですから。一発の弾を効率よく使用して、ヤマドリを仕とめるエメ猟でなければ商売にならないのです。

　その当時でも一対のヤマドリ剥製は、かなり珍重されていましたから、お金になったのです。当然市之助爺は頑張った。寿命をちぢめながら頑張ったといえる。

　エメとは、ヤマドリを待ち伏せする仮小屋のこと。松の木の枝や、樅の木の枝などを斜めに組み合せて作るのだ。

　初秋の頃に針葉樹林の切れ目にある、湿地を見つけてそこへ麦を播きつける。十一月中旬より明けて三月まで青々とした小さな麦畑を創造しておくのだ。ヤマドリは、その青の誘惑に負けて、明けきらぬ暗さの中に、麦の若葉と種子を求めてやってくるのです。悲しきヤマドリの食行動を利用して、エメのすき間から銃口を突き出してズドンと行くのです。

　市之助爺は、ヤマドリよりも二時間位早く家を出て爺専用のエメに入る。少しの炭と硬くなった餅、焼酎の小ビン、それからヤマドリ寄せの擬似羽根などをひぐつ（芝草のヒモで編みこんだ小型のリュックサック）には用意してある。焼酎を少しずつ胃に流しこみながら、ジーとヤマドリの飛来を待つのです。

それにしても松の青枝を通過してくる、その寒気と霊気は一種の恐さをもっているのではないかと、子供心にも案じたものでした。

シラジラと夜明けが忍びよる頃、二羽のヤマドリがやってきた。「今日は、疑似羽根は必要なかったな」市之助爺の銃口は、ピタッとオスヤマドリに一直線に向かっている、まるで糸が引かれているようだ。しかし、彼は引き金に人さし指は入れない、用心鉄にかかったままである。

オス・メス二羽のヤマドリが〝くずれ並び〟となるまで息を殺して待つのです。単発銃で二羽を仕とめるにはこれしかない。間合いは、きっと熟すから。「オッー、オッー、くずれ並びだ！」

ズドッダーン、……青く霞んだ原生林に硝煙が漂うと、市之助爺は満足に包まれるのだ。

その余勢をかって、帰りがけに、木ネズミ（日本リス）を二匹ばかり仕とめて家路をたどるのです。三十分後には、粗末な膳に就く。

稗飯と菜っ葉入りのみそ汁、それにタクアンを交互に力強く、ボリ、ボリ、ズスーと、市之助爺は喰うのだ。

エメ猟は夜明け仕事ときまっていましたので、陽の中は炭をやいたり、薪を作ったりの毎日が続きます。市之助爺に安息はないのかと言うと……一つだけある。爺のゴールデンタイムは、とっぷり暮れてからの晩酌だな、もちろん焼酎だ、酒は高価なので祝事のときだけらしい。囲炉裏には赤々とそだ薪を燃やし、その残り火で木ネズミを焼く、こんがり焼く。木ネズミの肉は、私達子供が喰う、頭とか、腹ワタ、骨類は市之助爺が主に喰う。

ヤマドリの肉は、誰の口にも入らない。つがいの立派な羽並みが、真黒にすすけた太い張りの中央にぶら下がっている。目の保養にしかならないのです。大事な、換金用の売物なのだから仕方ない……。

それはよく分るが、美味いヤマドリの肉を喰いたくて、いつも私は、悲しくなったものだ。ヤマドリ・キジなどは、ひと冬に一回喰えれば最高で、主に家族の口に入るのは野ウサギであった。大鍋で、大根とサトイモをたくさん入れて煮こんで喰うのだが肉を探すのに一苦労したっけなぁ。

ツグミ・ヒヨドリ・カケス・キジバト・木ネズミなどは、もっぱら子供の喰いものだった。今にして想えば、保護鳥になっているものまでたくさん喰って育った私は、この上ない幸福もんと自覚せねばなるまい。

焦げめのついたところを中心にして、軽く塩をふって、ツグミをむしゃぼり喰う。口の中であばれる小骨を、何回もしゃぶる。うま味がジュワーと口いっぱいに広がるんだな。

エメ猟をはじめ、数々の重労働の連続は、市之助爺の寿命を、多分、短かくしたと思う。

市之助爺が他界して、早いもので二十八年の歳月があっという間に過ぎてしまった。

今は、エメ猟を知る人などいない。恐ろしいスピードで、環境破壊が進み、マタギの生息域もヤマドリの生息域も、同時進行で消滅してしまった。

ここまで自然を壊してしまうと、もはや、人が人らしく生きることは不可能な状態まで進化したと言えるのではないだろうか。

那須野ケ原の標高七〇〇メートル地帯も、極端なリゾート開発により、山河は裸になり、ビニール屑と空き缶の天国になってしまった。

エサ場がないのだから、ヤマドリは生きられるわけがない。かぎりなく淋しいが、この風景はまぎれのない事実だ。

市之助爺は、六十六歳の頃に病床についてしまいました。だから、その活躍人生としてはちょっと短いと言える。その意味においては、悔まれるのだが。

あの雄大で懐の深い、原生林の中でエメ猟ができたのだから、市之助爺はかなりの幸福もんだったと思うことにしよう。

毎日毎日、ヤマドリを捕えても、絶えることのない自然環境に、どっぷり浸っていたのだからなあー。

俺は想う、せめて夢の世界でがまんするから市之助爺と再会して、木ネズミとツグミをこんがり焼いて、少しだけ塩をふって、いっしょに喰いたいものだ！　俺のおごりで美味しい純米酒をたらふく飲ませてやりたいものだ。

市之助爺に逢いたいなあ……。

（「栃木放送」平９・７・24放送）

タヌキひき逃げ事件

一九九一年十一月九日、土曜日の夕刻のことだった。つるべ落しの暗闇が漂っている囲炉裏端での宴会、もたえ氏らと例によってイワナの骨酒を竹コップでグイッとやりはじめる。

――と、その団らんを破って、妻の蒼白な顔が裏玄関にニョッキリ出現したではないか。この方は、少々のことでは動じないのだが、今はちょっと違う。

少し呼吸をみだしながらの報告――三〇〇メートルほど南へ下った山道で、タヌキをひき逃げしてきたらしい。息子の英明に促され、その足で、私に調査命令と救助命令が、同時に下されたのであります。

「それは、大変！」

私は二人を同乗させて、下りにもかかわらずアクセルを強く踏みこむ。二分で現場に到着

――探索一分。ヘッドライトの袖で、道端にタヌキ発見！　タヌキ君であることは後で分ったのですが。

脈はしっかりしているが動かない。ぜんぜん動かない。両手で、そ～と、しっかり捕捉して

かかえこみ、トランクルームへ、「剝製にすることをちょっと思う。これは、不謹慎」忘れる

ことにしよう。炉端の脇に特設のダンボール箱を設けて、タオルを敷きこむ。

タヌキ君の看護ベッドを作ること五分。首筋を柔らかくかかえて箱入完了。やれやれの感あ

るものの、手当に迷う。「いずれにしても水や、水や！」と自分に言って、タヌキ君の口元に

水皿を固定する。

このスタイルで、一晩だけ様子をみることにしたのです。

二時間ほど、酒を飲み、皆でタヌキ君を忘れる。何げなくダンボールに目をやると、クルッ、

クルッ、首が動いている。それも、けっこう素早い。嬉しさと、驚きを同時に感じたね。どう

やら骨折は、まぬがれたもよう。宴会中の、もたえ氏らも口々に安堵してくれました。

この方達は、当民宿に泊っていただいている六名の皆さんであり、当世では珍なる粋人揃い

なのだ、しかし、その職業は定かでない。

さて、タヌキ君の回復状態を再度チェック。う〜む、すこぶるよろしい、う〜む、よし、英断すべし、特設ベッドを屋外へ転地することにした。もし回復が早ければ山へ帰れるはずだから。

野犬などの心配もちょっと頭をかすめるが、自然界の法則に従うことにしたのです。

ダジャレ大会を再開し、七人で超楽しく酒を飲み、歌う。エンドレステープの風景がどこまでも続く……。

翌日の朝六時、玄関先のダンボールをのぞきこむと、ジーとしているではないか。軽く指圧をあちこちにほどこすが、目をクルクルさせるだけで動こうとしない。「これはまずいな」。皆さんと相談して本格的診断をほどこすことにした。タヌキ君を、かなり古いワラゴザに寝かしつけようと箱からとり上げ、着地する瞬間、突然、腰をひきずりながら歩きだす。最初はユックリだったのだが次第にスピードを増し、次第にしっかりとした足どりで、赤茶けた草やぶに走りこむではないか。

それは痛々しいが、力強く私には見えた。斜め歩行を繰り返し頑張っている。誰かが「いなくなるぞ！」次に「写真、写真！」ともたえ氏が叫ぶ。そう言えばタヌキ君の写真は、一枚も撮っていないことに気づく。

遅かりしタヌキ之助である。早かりしは、タヌキ君である。

たった三分間でタヌキ君は、自然界に戻ってしまった。その丸々とした愛敬者の姿は、消失したのだ。七名唖然、そこへひき逃げ犯である妻が遠くから声をかけてきた。「どんな具合ですか？」、「元気に山へ帰ったよ」。私は嬉しいのだが、力なく答える。誰からとなく、力なくよかったなーとうなずき合う。

皆、嬉しいのだが、淋しいのです。

もうちょっと、ユックリ静養して行けばよいのに……。

標高六〇〇メートルの当地でさえも、すでにタヌキ君の安住の地ではないのだから悲しい。車社会と、人間のエゴがまるで毛細血管のように、この山間にまで押しよせて来ているのだ。

私はひたすら、タヌキ君の武運長久を祈る。祈りながら強く思うのは環境のこと、自然環境の悪化を少しでも止めなければならない。タスキ君達の生活域を破壊しているのです。これからは経済一〇〇パーセント志向を捨てて、自然界の復活に汗を流す時代なのだ。誰もが気づいているのに、誰もが右肩上がりの経済のレールから降りようとはしない。マイナス成長を、甘んじて受け入れる勇気がなければ自然は復活しません！

そうそう言い忘れてはならないことがあるんだ、タヌキ君消失のラストシーン一分前に、ピヨウッーとロングサイズのオシッコ攻撃を受けました。やさしくさしのべた右手全面にですよ！

自然は失われるためにあるのだろうか？　経済成長の続くかぎり、自然は確実に滅ぶであろう。だが、タヌキ君との出会いと別れを通じて少しではあるが、自然再生と人間再生への期待が芽生えたのである。

これは珍事だよ。ホントにホントに、タヌキ君ありがとう。

（「栃木放送」平9・6・5放送）

縁《えにし》

人は皆太古よりの、祖先からのメッセージを背負いながら、それらをやり遂げようとしゃかりきにがんばる。そして夢半ばで一生を閉じるのだ。だが人の生き方―考え方―行動の足跡は千差万別である。

優秀な遺伝子を両親より譲り受けそれを研くことを本人が自覚すれば、他の追随を許さないスーパースターが誕生することになる。

六年ほど前に知人のＨ氏より『山の声』（辻まこと著）をいただいた。追かけるように同人より岩魚とフライパンの複製画を拝領、これももちろん辻まこと氏の作によるものだ。Ｈ氏に言わせるとね、嬉しいことにこの私が辻氏とわずかではあるが、類似点があるらしい。

無論千分の一モデルではあるのだが、岩魚釣り、〈山の声〉を聴くことにおいては自称名人・達人を気取っております。ああ、それなのに周りの人達は、私を我が儘な変人と呼んでいるらしいのだ。

辻氏の作品を愛読しながら、私は飲食店と民宿とを生業にしている。自分勝手な、この指とまれ商法なので、当然お客はあまり来ない。たまに来る客はほとんど？　変人である。

あれは確か数年前の初秋の頃だった。農業高校の後輩であり客でもある伊藤芳保君から夕食の予約があった。なんとなんと彼がうやうやしくお連れして来たゲストは誰あろう、伊藤ルイさん（推定年齢70歳）その人であり、辻まこと氏の父親違いの妹にあたる方であったのだから、私は非常に驚いた。彼女は端正で清楚で神々しい面立ちをしていた。そのくせ気軽に庶民的に気さくに話すのだから嬉しい。

偶然の縁であるが、拝領の著書・複製画・伊藤ルイさんとの遭遇に、辻まこと氏からのオーラを強く感じる。遺伝子は先祖から貰うものであるが、学習し恋焦がれれば他人からもいただけると、私は思うことにし

伊藤ルイ氏（左）と私（1995年9月3日　撮影：伊藤芳保）

ている。なぜならば後天的に努力を重ね積み上げて、メジャーになる人も稀にいるからだ。

「随分遠くまで、よくいらっしゃいました。長旅で大変だったでしょう。」

「いいえ、私慣れていますから。でも今回は仕事ではないの。福島県川内村の長福寺を訪ねました。芳保さんの手を煩わせてご案内いただきましたの。いろいろわだかまりはあるのですが、歴史から逃げることをやめて大杉と野枝の娘として時代の証言者として、はっきり血の流れを確認したかった。……と言うわけで縁の地を訪ねましたの。」

「なるほどねえ、それでお墓は見つかったんですか？」

「ええ、お陰様で墓前に手を合わせることができました。いかにも一（まこと）の墓らしく素朴な自然石に辻一、良子と刻まれておりましたわ。娘の直生さんが渡米前に建立したとか、当時の御住職と草野心平氏がご懇意で、草野氏と辻はよく長福寺に遊んだらしいの。直生さんの裁量で川内村に眠っているわけ……」

「私、嬉しいです。ルイさんの肉声を聞けるなんて」

「辻一に興味のあるご主人だったから、芳保さんが気をきかせてテンカラでのお食事をもうけてくれたのねえ」

炭のハゼ音を聴きながらの静かな食事だった。

それから三年の月日が颪のように流れすぎた。

平々凡々と生きている私の手元に、一冊の書籍が贈られて来た。表紙には「しのぶぐさ（伊藤ルイ追悼集）」と記されていた。ああ、亡くなられたという噂は本当だったのだなあと思いながら、心を熱くしながらハラハラと頁をめくった。あの日のルイさんの清楚で温かい笑顔を想う。

年譜の終りには他界日時が記されていた。

一九九六年六月二十八日明け方　満七十四歳

辻まことと伊藤ルイの類似点を探してみた。母親の遺伝子は同じだから、きっとキラリと光る共通項があるはずだ。だが、しかしなんと言ってもあまりにも私は勉強不足。お二人の心底を語り批評する立場に立てるはずがない。仕方ないから山に住む男の、炭焼き男の直感と直観を混同して記すことにしよう。

まことの文章と絵、ルイの切れ味鋭く温かい語り口調、この二つは紛れもない類似だと断言しておきたい！　社会に爪をたてながらも実力行使はせず、ひたすら書きしゃべりまくる。方法は異なるが同胞を思わせるに充分の足跡を二人に感じることができる。しかも没後においても共に光り輝いているではないか。

炭のハゼ音、真っ赤な火照り火、ごくわずかなえぶり香を肴に自作の純米吟醸酒を、ちびりちびりとやりながらいつ来るとも知れぬ客を待つ。そりゃ客が来れば嬉しい。お金が入るから娘達に仕送りできるしなぁ。しかし、客が来ずとも泣かずに嬉しがる、ことにしている。時折私は孤独な姿を古びたガラス窓に写してナルシストを演じている。「ああ、なんと男らしい姿であることか！」

なぜ、ナルシストを演じるのか？　それは辻まことの真似をしているにすぎないのだ。まことは完璧なまでのナルシストであると私は信じている。本人の写真・諷刺画・小文から読み取れるのは絶対的ともいえる自信である。野人都会人、双方の心情とセンスを身に纏っている男。これすなわち辻まことなのではないか？　千分の一モデルを目指すものとしてはせめてパフォーマンスぐらい模倣せねばならんと暇を見てはナルシストを独り演じて見るのだ。

話はかなり脱線するが、私の身体にはマタギの山男の真紅の血が脈々と、鼓動しながら流れているのだ。祖父、市之助の狩猟本能を引き継いで今日にいたる。幼いころの食い物は実に野性的だった。野鳥・獣・蛇・川魚・野草・樹の芽・蜂の幼虫――ありとあらゆる物を食って飢えをしのいでいたとも言えるが、いくら食べても太らない素晴らしい食生活だった。辻まことが「白い道」（『山の声』東京新聞出版局、71・2）などで奥鬼怒の風景を書き綴っている。八丁の湯・加二湯・手白沢・夫婦淵などを舞台にしてそれらの自然を精密かつ、えぐり取るように描写している。それはまるで私の少年時代の山暮らしときっちりマッチングするのだ。奥鬼怒辺りには市之助爺にそっくりな人も住んでいたらしい。とにかく昔はよかった。有り余る自然が連なっていたもの。鳥も獣も岩魚もどんなに取って食ったって、食いきれるものではなかった。人族はどんどん繁殖し、奢り昴り手当たりしだいに自然環境・倫理環境を破壊し続けた。結果、辻まことの諷刺画の示すとおりになってしまったのだ。悲しいねえ、まっことに悲しい。悲しすぎて涙もでやしない。

悲しみを消し去るために、夢の中で我慢するから、辻まこと氏と酒を酌み交わしてみたいと私は常々願っているが、まだ未だ実現していない。辻まことの熱狂的なファンであるH氏は忘れたころにやってくる。数人の仲間をつれてやってくる。とっつきは悪いが、なかなかいい奴らなので結局みんなで大酒を呑む。囲炉裏を囲んで宴は続く。私は心密かに思う。この席に辻まことが居たらめちゃめちゃ盛り上がるだろうなぁ。この腐りきった社会構造に、びしびしメスを入れて大手術を敢行してくれるにちがいない。それも的確に微細に渡って。もちろんギター演奏のショータイムサービスもあるはずだ。辻まことを肴にみんなで酒を呑む。これまさしく桃源郷！

いつしか五十半ば、初老を迎えて決意すること。崩れ行く自然環境のなかで時代遅れのおやじになりきって、私流の手練手管を駆使しながら。自然の大切さを、板室の風になりきって、普段着の言葉と行動の中に表現し語りつつ、我が飲食店を訪れる心ある人々を巻きこんで自然に優しい人間を創る！　大それたことを思考せず、気を永く持ち、人を羨まず、人を憎まず、社会を憎み、人の進化を憎みながら、昔人の良質な部分を事あるごとにしゃべって、多種多様な人々から「生意気な奴だ」と言われながら、残りの人生を完全燃焼するつもりなのだ。

辻まことの千分の一モデルを自負する私からの報告的手記、手記的宣伝文はひとまずこれにて終了。もし、この続きが聴きたかったら、板室に遊びに来てくれないか。囲炉裏端で昼寝をしている千分の一モデルのオトカムに逢えると思うから……。

（「江古田文学」平13・2）

山吹の花

一九九七年四月二十一日の空は菜種梅雨だった。私は一路、宇都宮を目指していた。塩原町関谷の交差点を過ぎた辺りから、黄金色の山吹の花が、道端に田んぼの向こうに、かなり遠目の山裾に乱れ咲いているではないか！

清潔、清純、清楚、あくまでも清らかに咲く花、春本番を告げる花なのだ。私にとっては五十回目の春。ついにここまでやって来たかと、薄くなりつつある頭に手をやりながらの春である。寂しさと嬉しさの入り交じった複雑な心持ち……といったところだな。

私は山吹の花が大好きだ！　それには訳がある。小学生のころから渓流釣りに夢中になっていたからなのだ。山吹の花が咲きだすとイワナ、ヤマメが釣れ始める。まあ言ってみれば山吹は魚群探知機の役目を果たしていたのだ。山吹のみならず、春から夏にかけて咲き乱れる山の花々は、釣り人にとって大事な、大事な自然現象なのである。花は決して嘘をつかない。正直者だからねえ。花は温度、陽光、湿度をキャッチして開花する。勿論、渓流の水温と正比例して、季節を演出してくれるのだ！

山吹が笑顔を見せればイワナ、ヤマメが釣れる。山藤が艶っぽく咲きだす――ここが渓流釣りの頂点だな。この時期は相当下手な人でもけっこう釣れる。次に恐怖の山百合が真っ白な大輪を咲かせ始める、とパッタリ釣れない。いわゆる伝説の土用隠れなのだ。私の拙い研究によれば、春からガンガン餌を食って食い疲れたこと。さらにメスの魚達は卵が重くなりはじめる。そうよなぁ人間にたとえれば妊娠四、五カ月というあたり、当然ツワリもひどい。餌を食べるどころではないのです。だからこの山百合の季節は釣れる魚はオスばかり。メスは滅多に釣れない。従って釣果も激減するのだ。私の場合山百合の花を見たら、しばし釣りはお休みだね。それにしても、男、オスというものは、魚も人間も休みなく美食を求めるものらしい。ようするに、いつも腹を空かしているということなのだ。

山吹の花は黄金色で、一重・八重の二種類がある。運のいいことに、私の屋敷内には二つとも咲いてくれる。一重が先に咲いて八重が後に咲く、八重の山吹は私の祖父がどこからか入手して、植え込んだものらしい。だから八重の山吹には祖父の笑顔が住んでいる。市之助爺様、今生きていれば丁度百歳なのだが。

私はどういう訳か、ここまで大金を掴んだことがない。努力不足、金儲けに向いていない、運がない、色々な理由を付けてみるが結局は寂しい現実だけが残る。仕方ないからお金には質があるとか、お金では得られない愛があるとか……理論づけに必死な今日この頃である。お金は沢山あった方がいい。誰だって一度位は宝くじを買ったことがあるはずだ。私はくじというものに当たったためしがない。最近は宝くじを買う元気さえ失ってしまったよ。

せめて、せめてさ、山吹色の小判の夢でもと思い念じるのだが、それすら見せてもらえない。だが、よくよく掘り下げて思い出を手繰れば、数限りなく川添に咲き乱れていた山吹の花達と、何度も、何度も遭遇して来たのだから、私はこの上ない幸福者、果報者なのだ。少しだけ無理のある理論だがまるっきり外れてはいない。自然人、釣り人を気取るこの俺様には、山吹の花が似合っている。大金は分不相応である。ちょっぴり辛く、背中に冷たい風が吹くけれど、せめて、男らしく残りの人生頑張ってみよう、前向きな笑顔の人生。よし！ これで行こう。

（「警友しもつけ」平13・1）

図書券

久しぶりに私は図書券を購入した、三千円也。名前もよく知らぬ少年、多分中学生。その男子にプレゼントするために買ったのである。毎朝彼は私の店の前を颯爽と元気よく通る。必ず必ず私より先に「オハヨウゴザイマス！」と明るいトーンで挨拶をし、通過して行くのです。私は気持ち良く負けじと「オハヨウ！」と返す。

この少年のおかげでこの三年、沈んだ心を幾たびか明るくしてもらったなぁ、助けられたなぁ。普通の中学生、それも男の子はてらいが先に立ち、気持ちはあっても中々挨拶できないものである。親に言われたり先生に言われてもできるものではない。それもさ、俺のようなちょっと強面の小父さんに声を掛けてくれるなんて嬉しいねぇ。

がしかし、このところ彼の姿は見えなくなった。どこかの高校生になるらしい、当然通学形態も変化したらしい。あの爽やかな「オハヨウゴザイマス」に会えないのは非常に寂しい。ここは一番ケジメをつけて、今までのお礼を形にしようと図書券を送ることにしたのだ。

あちこち訪ねてやっとこさ少年の家を突き止めた。しかしながらこの図書券を何と言って渡すべきか、それが問題だ。シェイクスピアの心境である。とにかく封筒にいれて適当なコメントをしたため同封することにした。この件に関しては、私の方にてらいが発生しているらしい。素晴らしい小父さんを演じるのも、けっこう大変なものだよ。

「いつも元気で、清々しい「オハヨウゴザイマス」をありがとう。この図書券はそのお礼の気持ちだよ。君が持っている明るさ、優しさを忘れずに高校生の三年間頑張ってほしいな。前向きな青年でありつづけることを期待しているよ……」

小さな、本当に小さな行為であるが、このことが彼にとってなにかのきっかけとなり、歯切れのよい人生を歩んでくれることを私は祈りたい。

私の少年時代には図書券なんて商品券は流通していなかった。平成という世の中、活字離れがとてつもなく進んで。携帯電話、パソコン、インターネットが幅を効かす時代に突入した。図書券の存在価値さえ危うい。

機械文明に操られ、誰も彼も人の心を失って行くような気がしてならない。「オハヨウゴザイマス」の一言でさえ、携帯電話、パソコンを通してしか、交わされなくなるのかも知れない。手塚治虫氏のマンガが予言した通りの世の中になった。マンガ本は立派な図書である。活字の量は少ないが読む、感じ取るという行為においては、むしろ図書の中の優れ物と言えるであろう。だからさ、図書券でマンガを買ったっていいのさ。あんまり堅く考えないで、手軽に図書券を送りあえるといいなぁ。マンガも文学もミステリーも、いずれも立派に心を伝達している図書なのだから。

どんなに文明が発達し進化しようと、本を読む時間を、その姿勢を消してはならない。図書券を消してはならない。機械文明に支配されないために。人間らしさを失わないために。

かと言って私は出版社や本屋さん、作家に媚を売っているわけではない。ただ単に本を読むことに、ロマンを感じているだけなのだ。かっこうつけているだけなのかもしれない。

（「警友しもつけ」平13・5）

祭礼

一九九八年十月十八日の日曜日、この日は秋祭り。神社祭礼を執り行う神々しい一日なのである。

が、あいにく台風十号の影響で未明からどしゃぶり。その雨のなか清掃作業は開始された。三人の氏子は電話を交えて神主さんと打ち合わせをした。私だけが強硬派で後の二人の氏子は悪天候を理由に祭礼中止の意向。結局中止になり、私が貧乏くじを引かされてK神社まで御札をもらい受けに行くことになった。二十キロの道のり、私は軽トラックを飛ばす。持参品は鯛の尾頭付き二匹、野菜、五穀、そして初穂料および神社庁への上納金などしめて二五〇〇〇円也。さらに清酒一本である。

社務所のインターホンを押す。

「板室からやってまいりました。御札をいただきにまいりました」

「はい、分かりました、ただいま。いやぁ雨の中を遠いところご苦労様です。これが御札、これが領収書一式です」

「こちらが初穂料その他です。それと供物品一式です。どうぞお納めください」

「それはそれは、ご苦労様です」

二十八枚の御札を押しいただき、私は帰路の車の中で自問自答した。

一体何のための祭礼なのか。いつの頃から、こんなにいい加減になってしまったのか。私自身信仰心は厚くないからあまり強いことは言えないが、それにしても簡単に取り止めるのならば神社の存続は何の意味も成さないと思うのだが？

私の集落の暮らしぶりは、まさに都会そのものである。八割以上の所帯は勤め人であり、専業農家はたったの一軒である。山、畑、田んぼ、川から離れ、経済効率追求形の生活に親しんでしまった。これは時代の趨勢であり個々の責任ではない。しかしながら、江戸時代より続く伝統の精神が薄らぎ、消えて行くことはかなり寂しい。

昔の秋祭りは娯楽の王様であった。酒がたらふく呑めて、美味いものをガツガツ食える、喜びの一日であったのだ！　現代には遊び事が氾濫している。ゴルフ、パチンコ、カラオケ、旅行、ワイン、ウイスキーなどなど数え上げたらきりがない。だから小さな集落の小さな秋祭りは、村民の誰からも支持されなくなってしまったのである。

でもなあ、人間って奴は我が儘だから、追い詰められて困ったら……。「ああ神様仏様、助けてください！」と言いながら手を合わせたりするんだよねえ。巷では平成不景気の嵐が吹きすさび、先行きの不安を暗示している。だからさ、もうちょっと生きる形を大事にしたいと、私思うのですが、あなたの集落、町内では決め事、上手くいってますか？

――雨に打たれる古ぼけた板張りの社の中で、私は独り手を合わせ神様に話しかけた。「ほんとに申し訳ありません、寂しい秋祭り寂しい祭礼になってしまいました」。目をつぶると少年時代の祭り囃子や、賑やかな露天商の掛け声が私の胸の中を走馬灯の様にかけめぐる。ああ昔は良かったなぁ、などと思いつつ社の板戸を静かに閉めた。

祭礼とは五穀豊穣、家内安全を祈る霊験あらたかなものであるはずなのだが、平成の世の中では単なる小さな祭事となり、いつとは無しに厄介物扱いされている。この先、我が村の春祭り、秋祭りは、どの様に進化して行くのだろうか？　多分神様は、不景気を望んでおられるはずず。このまま不景気が続き人々が貧しくなれば、きっと必ず神様は復権するであろう！

（「警友しもつけ」平13・9）

肥満からの脱出

栄養も取りすぎれば毒になる。

これってほんとの話だね。今私は身を持って体験中なのである。ここ三年ほどスポーツ系ワイルド系の暮らしから離れて、どちらかと言うと文系の生活に埋没しています。売れる見通しのない、歌謡作詩の書き込みに浮身をやつしているのだ。勿論生業の飲食店は真面目にやっているが、ここのところ運動不足、過食気味、ビールの飲み過ぎ。当然肥満気味、いや肥満体と言われても反論できない現状なのである。

どうしたらこの情けない状態から脱出できるのか。物書き、売れない物書きなんぞいっそやめてしまえばよいのだが、歌書きの世界は底無しの泥沼なのだ。いったん泥にまみれたらもう後には退けない。時間、情熱、お金を、私レベルではあるが、過酷なまでに先行投資して来たのだからこのまま引き下がれない。髪の毛は薄くなったとはいえ、私も男の端くれなのだから。

となると、物書きをしながら痩せる方法を探さねばならん。毎日毎食の食事を細くすればよい。単純で合理的なことは百も承知しているのだが、節食を続けることは実に難しい。なぜならば私は、昭和二十二年生まれ。しかも貧しい農家に生まれ、十六歳になるまで稗飯《ひえ》で育ったのである。だから食物への執着心は、異常なほどに貪欲なのだ。目の前に広がる平成時代の御馳走に、手をこまねいているなんて私には出来ない。従ってこの食事節減作戦はいつも失敗に終わる。

私にとっては、永遠のテーマである肥満からの脱出、残された道はひとつしか無い。スポーツ系ワイルド系の時間を確保することなのだ！

だがなあ、スリムな身体と物書きのステータスを、同時に獲得しようなんて虫の良すぎる話なのだ。まあ言ってみれば、二人の女性を同時に手に入れるようなものではないか。

ここは一番原点に戻って自然流、自然人の生きかたで行くしかあるまい。風の向くまま、風に逆らわず、そこそこの努力でこの重い身体を愛しながら、進むしか道はない……な。

私は女房に話しかける。

「俺も相変わらずの太り気味だがおまえも痩せてはいないな。女性なんだからさあ、もうちょっとでいいから、せめて寸胴体形からの脱出を、実行してもらいたいなあ。頼みますよ、素晴らしい夫婦生活のために」

「随分じゃない、自分のこと棚上げして私に痩せろなんて。それって偏見、女性にたいする冒瀆よ、セクシャルハラスメント。あなた自身が痩せてから要求して欲しいわ。でも私痩せたいの、あんたに言われなくたって努力はしている。ただねぇ結果がおもわしくない。節食しても全然痩せない、薬を呑んでも痩せない、もうお手上げ状態……」

「ううん、そんなに努力しているとは知らなかったな。でも結構さぁ、間食しているのを見かけるんだけど……」

「それは女の楽しみ。ささやかな楽しみよ、分かるでしょう！」

「とにかくさ、お互いもうちょっと肥満からの脱出に邁進せんといかんな。成人病の予防にもなることだし、健康で長生きして、死に水を取ってもらわにゃならんしなぁ」

それにしても肥満からの脱出は難しい。年齢と共に運動量は減るが、栄養の摂取量は横這い。当然普通の内臓を持っていれば「満腹太る」になってしまうのさ。「えーい仕方ない」太っていることを武器にして、ふくよかに優しく楽しく、生活しようではないか！　痩せるための努力を少しずつ続けながら……。

（「警友しもつけ」平13・10）

狐ひき逃げ事件

一九九七年十月二十九日の夕刻、那須国際テニスクラブ前の道沿いに横たわる、一頭の狐。発見者は私の女房どの。例によって自分では埋葬できず私に回収埋葬命令が下されたのである。

「尻尾が太くてフンワリしていたし顔も長かったし、間違いなく狐、狐さんだ！　誰かがひき逃げしたのよ。ねえ、あのままじゃ可哀想だわ。なんとかしてやってよ」

「ああ、しょうがねぇなぁ。分かったよ、分かったよ。せめて板室周辺の事故処理くらいは、この俺がやるしかないだろう」

道沿いの枯れ葉の上に、狐さんは悔しそうに横たわっていた。下腹部に大きな打撲傷がある。多分、死亡推定時刻は昨夜から早朝にかけてだな。犯人は猛スピードの車、もちろん人間が運転していたのだ。山間部の運転においては、突然の獣飛び出しに注意を払うべきなのに、このドライバーはブレーキすら踏んでいない。自分勝手なひとりよがりな、自分の都合しか考えない犯人像が見えてくる。

獣、鳥、犬、猫――これらをひき逃げしても人間世界では罪にならない。だからといってひき逃げはよくない、ひき逃げはよくないよ。せめて手当てするとか、埋葬するとかの行動を起こすべきだと私は思うのだが、皆さんはどう思いますか？

私の家の獣塚には沢山の獣達が眠っている。いずれも道路や、その周辺から連れて来た交通事故による被害者である。単に運転が下手なのではなく、生き物に対する優しさが欠如しているのである。悲しいけれど、寂しいけれどこれが人間の本質なのだ。大方のドライバーは、生き物に対して凄く冷たい。そのくせ自分のペットはだいじにする。

「狐さんよ、なんでまた道路を急に横切ったのさ。那須方面から下って来る車はな、いつだって八〇キロ以上の猛スピードなんだぜ！」

「うん、それはよく理解していた。でもなあ仕方なかつたんだ。魔がさしたって言うのかなぁ、犬に追われてた！　車より早く横切れると俺は思った。自分の敏捷能力を過信した報いだな、自業自得って奴だ。おらぁ人間を恨んじゃいねぇよ。恨んじゃぁいねぇが、死ぬまでに少し間があってな。とても痛かった、痛かったよう……」

「すまねぇなぁ、同じ人間として私は恥ずかしい。事あるごとに喚いてはいるんだが、少数意見に耳を傾ける人があまりにも少ない。多数理論が大手をふってまかり通る、嫌なご時世なんだよ」

「いぁあ、そんなことねぇよ。人間の中にも優しい奴はいる。俺はたまたま運が悪かったのさ。そんなに恐縮しなくてもいいんだよ。板室の山も狭くなったからなぁ、人間、空き缶、ビニール屑、タバコの吸殻で溢れているものなぁ。それに比べたら天国の方がよっぽど快適だな。どうだい、あんたも現世を捨ててこっちにこないかい、俺は待ってるぜ！　埋葬のお礼にとびっきり美味しいもの食わせっからよ！」

狐さんのお誘いは嬉しいが、私、もう少し現世に未練あり。それによ、子育て、親孝行も完了していない。女房にも苦労をかけているしなぁ。それから、この後の獣の事故処理をする人がいなくなってしまう。私は今、獣達に必要とされている。必要とされている。必要とされていると信じたい。

（「警友しもつけ」平13・11）

水掛け

二〇〇一年八月二十三日の午後五時、俺は台風十一号の復旧作業に出陣した。江戸時代に開削された用水路の水が止まっている。飼育している岩魚が絶命の危機に瀕している。こりゃまずい。俺はスコップ片手にゴム長靴のいでたちで、取り入れ口をめざして二〇〇〇メートルの修復行に挑んだね！

一番恐いのは土砂崩れ。次に困るのは、取水口が大岩石で塞がれてしまうこと。簡単な原因であることを祈りながら、ひとつひとつ検証しつつ上流をめざす。今は市管理の上水道が整備されているので、用水路が完全ストップしても、村民の死活問題に発展することはない。だが俺の場合は非常事態なのだ。飲食店を生業としていて、しかも、その食材の筆頭に位置しているものが岩魚の活魚なのだからねぇ。

自然災害と不景気にいじめられながらも、岩魚活魚の店を十二年続けています。そこそこ馴染み客もついて、なんとか暮らしは立つ。それにしても、この十二年間、何度水掛け作業に汗したことか。

標高七〇〇メートルの、切り立った山肌を開削して作られている用水路は、元禄時代のころに、会津藩の金子《きんす》によって作られたと言い伝えられている。俺は先人の苦労を思いながら最後のカーブを曲がった。なんと取水口が詰まっている、一滴の水も漏れていない！　その辺の水道屋さん顔負けの止め水工事だな。俺は意を決して崖をよじ登り、厚み六〇センチの堤防の向こう側に着水した。大岩石ではなかつた。一安心しながら黒く滞流する水の中に手を差し込む。水は容赦なく進入し、俺の一物を縮ませて、さらに乳頭まで迫ってくる。身体が浮き気味で不安定この上なしだが、ついに原因を突き止めた。かなり太めの枝に草やツルが絡みついて、完璧に土嚢《どのう》の役目を果たしているのであった。

流木の中から五メートルほどの手ごろな丸太を選び、渾身の力をこめて取水口を責めたてるが、ビクともしない。首まで水に漬かりながら、一本一本細い枝類を右手で引っ張りだす。左の手は流されないように堤防にしがみついている。そしてまた先ほどの丸太ん棒で突っ付く。何度か繰り返すうちにさしものツル小枝防護壁も、ほぐれたね。貫通したのだ！　そのとき俺は不謹慎にも姦通を思った。それくらいの、苦労の末に思いを達成したということさぁ。

車に戻るまでの道すがら、スコップを左肩に乗せて、ビッショリピッタリとまとわり着く衣類を友達に、心地よく鼻歌を歌う。なんてったたって貫通したのだ。気持ち爽快なのであります。

何年か前に土砂崩れがあったなぁ。あの時は大変だったよ。村民全戸出動で丸一日かかったもんねえ。どんなに厳しくても誰も文句は言わない。江戸時代からの遺伝子と山間に暮らす勤勉実直さが、今だ息づいているからなのだ。とは言っても最近の村民のなかには、要領を本分とするずる賢い奴も、ちらほらいる。がしかし、本質は真面目なのだと俺は信じている。

俺は国民年金加入者だから、女房に鞭打ち己に鞭打ちながら、死ぬまで働く運命だ。給付率の未来低下、給付年齢の未来引き上げはきちんと確約されているものねえ！　と言うことは俺はこの先も孤独な水掛けを、人知れず続けなければならん。岩魚、用水堀、飲食店、畑仕事、山仕事、そして美味しい酒造り……。少なくなりつつある頭髪を撫ぜながら、中古車的肉体を労りながら頑張るよ。「水掛けし冷えた身体を妻さする」なんてえ絵図面を描いてみるが、今だ実現していない。まだまだ働きが足らんということちゃなぁ。

（「警友しもつけ」平14・9）

山姥の店

今温めている、飲食店の切り札的ネーミングの中で、「山姥の店」が私の一番のお気に入りである。近い将来開業を夢見ているご婦人方に勧めているのだが、受けはあまり良くない。男性の立場、それも中年系から感じとれば、看板を見ただけで入店してみたくなるはず。恐ろしいけれど、恐いけれど魅きつけられる。

「あなたにピッタリだよ。畑で取れたもの、山で取れたものを田舎で生まれたあなたが真心込めて調理して、都会の人々に提供する。観光道路添いなら、旗一本で勝負できるって！」

「マスターもよく言うわねぇ。そんでもって厚化粧して栃木弁丸出しで、接待しろなんて言うんじゃないでしょうねぇ」

「いやいやそうじゃない。あくまでも清楚に朴訥に薄化粧でよい。ただし、都会の男性女性が標的なのだから、都会では薄れがちの優しさ、親切、癒しの心を手料理に加えれば良し。さらに店の隅々を常に清掃。特にトイレ回りは美しく季節の野花を飾ること。そうすりゃぁ大繁盛まちげぇねぇ！」

「わだしにできっかねぇ。店作るのに金がたんねぇ。場所はなんとかなるんだけど、どこかにいいスポンサーいないかねぇ」

「なにをおっしゃる山姥さん。旦那さんが来年定年退職だろ。固い仕事を何十年も勤めたんだもの、ガッポリ退職金があるでしょう！　お金も人手も身内で手当てすれば、この不景気だって怖いもの無し、すぐにでも開業できるじゃん」

「ところがどっこい、うちの旦那はわたしに一銭だってくれやしない。再度相談はしてみるけど、期待できそうにない……」

――というわけで山姥の店は暗礁に乗り上げてはいるけれど、彼女がお蔵入りになっても、板室近辺の誰かに、なんとしても立ち上げてもらいたいと私は切望しているのであります。

このネーミングとコンセプトを、宇都宮市在住の熟女に勧めてみた。那須から宇都宮へ約五十キロ程都会へと話を運んでみたさあ。

「どうです、あんたにピッタリの金看板でしょ。粋いも甘いもご承知の、何でも御承知のあんたに、山姥の店をやってもらいてえなぁ。お金以外ならなんでも応援しますから」

「確かに人生の裏表を熟知している私にピッタリの企画だけど、肝心の部分が抜けている。お金、お金よう、お金があればすぐにでも始まっちゃうわよう。旦那がいくら反対したって私はやりたいなぁ。この歳じゃあいい勤め口ないしさぁ」

板室近辺、宇都宮共にお金と旦那様がネックになっている。私に財力があれば二店いっしょにオープンしちゃうところだが、いかんせん私は大家族。子供たちに未だに搾取され続けている。稼ぎ不足もちょっとあるが、常識を越えている搾取娘のお陰で今だゆとり無し。

夢を見た。山姥の店の暖簾をくぐる。元小町が優しく接待してくれる。煮物の温かいのをつつきながら、私が納品した天空《てんから》の酒を呑む。手の空いた山姥に一杯勧める。世間話をしながらお店の苦労、やりがいを肴に。感謝されながら大物気分で酒を飲む。

いつの日かきっと実現しそうだが、私もすでに五十五歳に到達。ちくと急がねばならん。この話を聞きつけた方、ただし熟女にかぎるがお金を用意して、是非とも名乗りを上げて欲しいねえ！

（「警友しもつけ」平14・10）

ある木曜日

女房殿は外出した。おとっつぁんおっかさんは趣味の畑仕事に出掛けたらしい。店舗などの修理作業に三時間ほど没頭し、冷たいものを飲み、池波先生の時代小説を軽く読み流し、軽く昼寝をする。

大あくびをしながら真っ青な天空に目をやると、ジェット機が白銀の輝きを見せつつ南下して行く。高度四〇〇〇ぐらいかなぁ。一路羽田をめざしているのだ。あの機内には暮らし向きの良い、上流社会で活躍している人々がざわめいているのだろうなぁ、と思いつつ、羨ましい眼差しを地上に戻す。板室に生まれ板室で育ち、早五十五年の歳月が流れた。途中何年かは勤めの関係で家を離れたけれど、長男としての義務は、そこそこ果たしてきたように思っている。

それにしても時間の過ぎ去ることの早いこと。過ぎてしまえば全てが虚像であったように思えてならない。忘れえぬ人も少しはいるはずなのだが、鮮明に浮かびません。美味しい水と爽やかな風の中で、平々凡々と暮らしてきた後遺症なのかも知れない。

都会暮らしのお客さんによく言われます。

「いいですねぇ！　素晴らしい緑に囲まれて、長生きできますねぇ！」

「確かに、その通りと言いたいんですが、山にはねぇ、山のストレスがあるんですよ。大家族、古い集落のしきたり、催事、冠婚葬祭、過剰なまでのお見舞い習慣などなど……。不合理の連鎖なんですよう。むろん、それらの中にも良質なものはありますが……」

「それはわがままですよ。都会は酷《きび》しいですよう。悪辣な環境の中で四苦八苦しながら、ローンに追われながら、リストラに脅えながら、何とか呼吸しているんです。だからこうして、板室の風に恋して主の店に通うんです！」

「む……ん、そこまで言われちゃうと返す言葉が出てこないな。私もね、月一だけど駒込の小料理屋に足を運んでいる。勿論山のストレスを抜くためと、都会人の苦しみを熟知するために」

「いやいや恐れ入りました。主がそこまで勉強しているとはねぇ。ときにそのお店紹介してよ。勤めの帰りに回り道してみますから」

「素敵なママさんと、ママさんより少し若い美女がいましてね。そりゃぁいい店です。なんと言っても料理がいい。ママさんは手をぬかず一品一品丁寧に調理するからねえ！　愛情がこもっている。地図かきますから、ＪＲの駅降りたらすぐですよ」

板室にも義理人情、隣人愛は存在しているが、急激な都市化の電波に直撃され、軽薄化が進んでいるのです。板室は江戸時代中ごろよりあったらしいが、平成にはいり人口は減少の一途をたどっている。農地の原野化も進み、先々は老人の村へと変化していくだろう。これは時代の趨勢であり、仕方のないことと私は割り切っている。

限りなく人口が減少すれば、保養地としての価値は上昇するし、獣や鳥類は大喜びするのだから、板室の行く末は明るいと宣言しておこう！　五十五歳のちょっぴりくたびれた身体に鞭打って、板室を小さなユートピアへと導く努力をしてみるよ。ここを訪れる旅人に「気持ちのよい所だねぇ。心根が嬉しいねぇ！」と言わせて見せますよ。

ある木曜日の私の決意文

ふるさとで暮らせる幸せ、父母と暮らせる幸せ（祖父母は長寿を全うし骨壷の中）美味しい水と爽やかな風の恵みを享受できる幸せ、伝統ある板室に暮らせる幸せを再確認し、噛みしめて、残日に夢つないで、ひたすら体重を前にかけて、攻めの姿勢で未来に踏み込んで行こう！

（「警友しもつけ」平14・11）

昭和最後の山菜猟師《ベジタブルハンター》

S村は北関東と東北の隙間に、江戸時代の中頃より続いているという。農林業と、出稼ぎ的な農外収入に支えられて、なんとか存続しているが、過疎化が進み、老人の村へと変貌をとげつつある。

都市部まで二十キロの道程、街の中には、スーパーや料理店もいくつか点在している。S村隣接には十軒ほどの湯治宿もある。これらの事業所に、山菜を卸すことを生業とする、屈強な山男が独り、村はずれに住んでいた。五年前頃から、糖尿病にとりつかれ、今は単なる老人をやっているが、それ前の山田仙太郎は、獣以上の馬力で、山野を駆けめぐっていた。

主な商品（山菜）は、タラの芽、蕗、山ウド、ワラビ、ゼンマイ、コゴミ、茸《きのこ》などであろう。春から夏にかけてと、秋の二月《ふたつき》が勝負の季節なのだ。日の出から日没まで、二県に跨がる国有地（一部民有地）山岳地帯を走り回って山菜を採取集荷するのです。良品だけ売りさばいて、残りは塩漬けして、秋以降に売りさばく。

秋口からは茸狩りに明け暮れる。

なんといっても金になるのは舞茸だという。この地区では残念ながら松茸は発生しない。その他の珍しい茸についても、仙太郎は精通している。本を見たり、学者から教わったのではない。先人の古老達からの、伝承に従って聞き覚えたのである。

「仙太郎さん、元気ですか、これは糖分控えめのお菓子だから、後で食べてください」

「いつも悪いねぇ、身体が弱っちゃって山に行けない、寂しいねぇ」

「私も茸のおすそ分けが、無くなって寂しい。せめて、武勇伝でも聴こうと思いましてねぇ」

「へへへ、そりゃあ嬉しいねえ！　俺は体ひとつの山菜猟師にすぎない。畑も田んぼも無いから、好きな山野を相手にして、生活して来たのよ。村の衆からは馬鹿にされ、蔑まれたけれど、俺は平気だった」

「主にどの辺りが縄張《シマ》だったんですか？」

「最初は近間で良品が取れたけど、素人さんの乱獲で、どんどん猟場は遠くなった。昭和の最後の頃はF県まで、ボロ車で通った」

「そりゃあ大変だ、通勤時間、ガソリン、車の償却費とコストが大きい。車がいっぱいになるまで帰れませんね」

「その通り！　夢中で崖から崖へ、山菜担いで飛び回る。疲れるから、飴やチョコレートを貪《むさぼ》りジュース類を愛しすぎた。そして糖尿病になってしまった」

「なるほどねぇ、そういった顛末ですか、山菜猟師は命掛けなんですねぇ」

「民有地に分け入る時はきついぜえ、車をどこへ隠すか、気を使ったもんだよ」

「車を隠すって、どうしてですか?」

「タイヤの空気を抜かれちゃったり、ガラスを割られたり、激しい報復攻撃を受けたことがある」

笑いながら仙太郎さんは言うけれど、冷静に思考すると、犯罪すれすれの行為と言えるのではないだろうか、仙太郎さんも地主さんも罪を犯している。前者の方が原因を作っていることに疑いの余地なしではあるが。

山菜茸のたぐいは、地主の持ち物であろう、民有地国有地の別はあるけれど、厳密に取り締まれば、所有者以外は、山菜取りが出来ないことになる。がしかし、先取特権の行使権を拡大すれば、山菜茸ぐらいまでは許される事になるのか? 林野庁は情深いから、お目こぼししているのだろう。

法的な事は何も思考せずに、仙太郎さんは獣の様に生きて来たのだ。

元々、全ての山野は獣たちの物だった。人間が自分勝手に法律《おきて》をつくり、庶民と鳥獣類を排除して来たのだ。

朴訥な仙太郎さんが、私は大好きだ。

「仙太郎さん、主な売りさばき先はどこだったの」

「ああ、料理店だな、スーパーや湯治宿は安すぎてうま味がなかった」

「やっぱりねぇ、採るのも大変、売るのも大変ということですねぇ。それなのに長年に渡って、山菜猟師を続けて来た。凄いエネルギーですよ」

「そんな大したもんじゃねえ、俺には天職だったのよう。山と野原が大好きだった、たとえ僅かな金しか得られなくても、山菜を求めて山に入り、シマを探して彷徨う。いいシマにぶち当たった時が、最高なんだよう！」

山田仙太郎氏、七十五歳、糖尿病で、余命いくばくも無いらしいが、屈託のない笑いを浮かべながら、常に優しく振る舞ってくれる。彼は既に人間を止めて、獣の世界に生息しているらしい。昭和最後の山菜猟師、山田仙太郎の瞳には、獣に匹敵する素朴な微笑みが住んでいる。身体は相当に病んでいるはずなのに……。


（「警友しもつけ」平15・5）

鰍《かじか》

私は昭和二十二年生まれである。

小学生をやっていた頃、沢名川に無数の鰍が生息していた。小さな支流や用水堀りにまで、愛くるしい姿を露呈していた。

鰍とは、カジカ科の淡水産硬骨魚であり、大きい物では十五センチメートルに達する。体はハゼ型でオスは頭がでかく、暗灰色を呈し背部に雲形斑紋がある。清流を好み、川底の石陰に隠れながら暮らしていた。

沢名川は、かつて関東の四万十川と言われていた那珂川の支流である。唯一、ダムの無い河川である。それなのに、カジカの残像さえ見当たらないのです。何が原因で、消滅してしまったのか？　それらを解明しながら、真実に迫り対策を記述してみよう。

鰍の他には、岩魚、ヤマメが悠然と泳いでいたのだが、これらも同様の道を辿り消滅した。現在の魚達は全て放流魚であり、純粋種では無い。鰍は養殖が難しいために、放流されていない。どうして、このように寂しい現実になってしまったのだろうか？人族の心の貧しさとその行動が、絶滅への行程を刻んだのだ。度重なる護岸工事、土砂止めの小さなダムエ事、農薬漁、夜突き漁、川干し漁などの乱獲が要因として列挙できる。更に鰍の肉質は、他の追随を許さぬほどに美味であること、捕獲が簡単であることなども、絶滅を早めたと思われる。

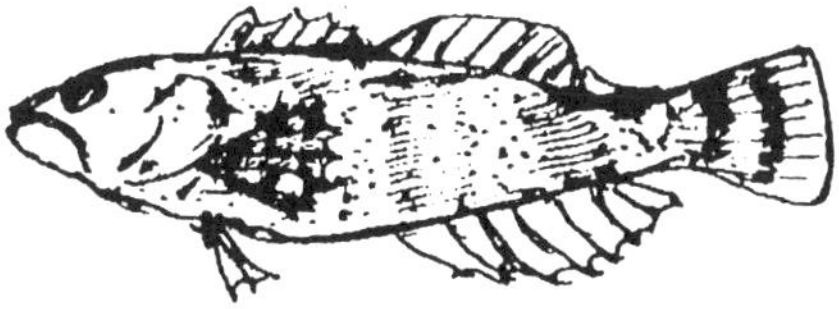

私も加害者の一人である。

小中学生の頃、黒川虫を餌にして沢山釣り上げたからねぇ。家族の貴重な蛋白源を採取していたのだが、今思うと悲しくなる。鰍さんにとって、私は天敵であったのだ。

昨夜の夢で、大きなオス鰍と対話する幸運に恵まれた。

「すまなかったねぇ、私は鰍族を殺戮する犯罪者だった。ほんとうに申し訳ない」

「まあ、いいってことよ。俺達の動きは緩慢だから、人間の子供にまで捕獲され続け、姿を消す破目になったのさ。でもなぁ、一番辛かったのは堰堤工事による土砂流だった。俺達は川底で餌を探す、その川底が土砂で全て覆われる。俺達は沢名川で最も弱い生物だった、最も美味な生物でもあったがねぇ」

私は返す言葉を失った。

人族は鰍種を生存させ、共存共栄させせられる立場にあったのだが、それらの義務を怠ってしまった。ここ板室の自然環境のみならず、地球全体の環境を再生せねばならん！　なのに人族は、聖戦などと喚き続け戦いに勤《いそ》しんでいる。お互いのエゴをぶつけ合い、国益のみを思考する現代は辛く悲しい。

人間の身勝手な行動の繰り返しが、鰍族をはじめ無数の生物を消去しているのだ。京都議定書などの環境再生案は、人族のための採決であり他生命体のための物では無い。だからこの先も、自然環境は再現なく破壊されていくだろう。

この破壊の流れを、いかにして止めて再生への道を開くか。それが命題なのだ。政府、関係省庁、大企業、大学研究室などでは、環境再生への努力研究に研鑽してはいるが、いずれも利益追求型である。鰍などの種の保存を図る予算は、お茶濁し程度である。戦後の高度成長がもたらした繁栄は、金銭と物質だけであった。情操的な分野は、むしろ後退したと言い切れる。

大国の庇護を、長期に渡って受けすぎた弊害があちこちに噴出している。戦争に賛成する中高年、反対する若者、いずれも後方支援的なひ弱な行動に終始している。私達日本人は、いつからこんなにも狡い民族に、成り下がったのだろう。大国に敗戦し、その庇護の元に経済再生は遂げたけれど、精神的再生はその糸口さえ見えはしない。

鰍族のように、種の消滅に甘んじる覚悟があれば、大国に取りすがる必要は無い。他国の理不尽な侵略に対して、戦わずして滅亡することが一番美しいのだから。がしかし、人体は戦いの遺伝子によって、創造されている。大国のパラサイト的な日本国ではあるが、一度目覚めればかなり凶暴な民族なのだ。鰍さんと、正反対の行動に走ることが目に浮かぶ。たとえば、若者の意見を取り入れて、戦争に全面反対し、安保条約を破棄したらどうなるのか？　自分で自分の領土を守ろうとするはずだ。当然のように軍備拡大して、徴兵制度を復活させ、富国強兵に走るであろう。けれどこの時、意を異にして若者は反対に走ると推察される。自ら汗して危険な行動をしたくないのだ。安易な温室の中で育った若者に、戦いなどできはしない（できる若者もいるが）。それらの軟弱思考者を、育成したのは中高年者である。もっと煎じ詰めれば、大国の政策的意図もかいま見える。

我々日本人は、単なる企業舎弟の立場なのか？　蟻か働き蜂のように、日夜利益を追求して、その大半を大国に上納する運命にあるのだろうか？　鰍族と日本人の命運が重なって見えるのは私だけだろうか。


（「警友しもつけ」平16・1）

酒は魔物か

酒は古来より、百薬の長と崇め奉られてきたのだが、このところ魔物扱いされているようだ。人間の暮らし向きと連動して、邪魔者の位置に追いやられようとしている。その先鋒である事例を示しながら、中身に迫ってみたい。

何といっても、交通事故の急増だろう。道路は極限まで整備され、車両は狭い国土に溢れている。酒の力を除外しても、交通事故は消えはしない。とは言うものの、酒気帯び、酒酔い運転は大事故に繋がる。手法を問わず、絶滅せねばなるまい。そこで実施されたのが、交通違反の罰則刑強化である。世知辛い世の中になったものである。

酒気帯び運転した者には、一年以下の懲役又は三十万以下の罰金、酒酔い蓮転の者には、三年以下の懲役又は五十万以下の罰金に処すると決められた。複数の者が、共同実行の意思で同乗し酒酔い者に運転させた場合は、共同正犯扱いとなる。さらに、酒酔い運転を予見できるのに、酒類提供をした場合幇助《ほうじょ》や示唆の罪に問われる事になる。

日本人は元来、アルコールに弱い体質の者が多い。四十四パーセントに達するほどに、酒弱者は存在するという。なのに、ほとんどの人々が酒類を口にしている。社会の熟成化、情報過多化に伴い、膨大なストレスを誰しもが内包するようになってしまった末路なのか。酒類を呑みすぎれば身体に悪い。ましてやハンドルを握れば、この上なく危険であると、誰だって熟知している。なのに、違反者は後を絶たない。罰則刑強化により、死亡事故はかなり減ったというが、根絶に至る事はないだろう。たとえ極刑を導入しても、ゼロにはならないはずだ。人間は軟弱な動物だから、そこにある安易な快楽手法に、つい手を染めてしまうのです。

もう一つの悲しい事例に触れてみよう。

ドメスティック・バイオレンスという横文字が、すっかり定着してしまった。加害者の大部分が、アル中状態にあるというから怖い。ＤＶ法や児童福祉法を振りかざして、関係機関は救助取り締まりに奔走しているが、そのほとんどが、後処理的行為に甘んじている。加害者は交通違反者以上に、弱く卑怯な人間と推定できる。酒類の力を借りて、弱者いじめを楽しむ輩が急増しているという。一つの小さな群れ（家族）の中で、発生するストレスの爆発なのか。酒の力を悪用する加害者に重刑を求めたい。

視点を変えてみよう。

酒は魔物かも知れないが、私は色っぽい魔物と位置づけている。特に日本酒は優れ物なのだ。血行促進、美肌効果、不老長寿の妙薬なのである。焼酎、ワイン、ビールなどに脅かされて、肩身の狭い日本酒ではあるが、美しく長生きしたかったら、日本酒を上手に呑むといい。週に一度の休肝日（連続二日が理想）を設けつつ、一日二合止まりが妙薬の範囲であり、それを越えれば悪魔の領域に踏み込む事になる。事件性は無くても、我が身を滅ぼす要因となる事が多い。

酒には良質な魔力も秘められている。

私は小さな飲食店の主だから、様々な中年カップル、若いカップルとの出会いがあり、友人的客へと展開する事が多い。二人揃って呑みたいといわれたら、泊まり覚悟でいらっしゃいと勧める。昨今は女性が多飲して、男性が運転のケースが増えている。お一人しか呑めないので、売り上げは伸びないが順法営業に徹する事にしています。この場合、戸籍組は締まり屋さんが多く、ドリンクゼロがほとんど、反面未戸籍組はいい。必ずどちらかがコップ（盃）を傾けるし、互いに気遣い消費も大きい。もちろん、戸籍組にも元気がいい方もいるけれど、ほんの僅かに散見できる程度である。

「マスター、私達車だから一人しか呑めません。私の代わりに、一杯やって下さい」

なんて、注がれる事も稀にある。

初めての出会いなのに、意気投合して互いに手の内を披露し合って、楽しく語り合う事ができるんです！　これぞまさしく、酒の良質魔力と言いきれる。

全然呑まないカップルとの交流は難しい。何度来ていただいても、外交辞令にとどまり垣根が取れないのである。利き酒程度に嘗めるだけでいいから、食前酒を嗜んで欲しいのだが、嘗める事さえ拒む方が増えてきたのは寂しい。実は、食前酒には魔力が潜んでいるのです。特に日本酒が優れているという。

利き酒程度で、十分な効果が得られる。舌に薄く酒を馴染ませて、料理の味見をすれば、薄味料理に徹する事ができる。食する方も同じ様に、酒を馴染ませればいい。そうなんです！酒を舌に含ませる行為によって、一・五倍ちかく鋭敏に、味を感知できるのである。

薄味料理こそが、健康への第一歩である事は、皆さん周知でありましょう。酒を魔物にするのも、良質魔物にするのも、個人の心がけ次第なのです。

「まずビール、そして日本酒で仕上げる。日本人に生まれた事に乾杯！」


（「警友しもつけ」平16・10）

異変

　ここは、関東地方の山奥にヒッソリとへばりついている僻地の村、I集落である。人口はおよそ百名を数え、二十五軒の中小家屋が軒を連ねています。一人暮らしが三軒あり、確実に過疎への道を歩んでいる。

　名実共に寒村ではあるが、人々の心根は心底温かく、仕事にも恵まれていたのだが、最近やたらと日本猿が増えて来た。彼らは農作物を喰い荒らし、貯蔵食品を手あたり次第に貪り、行動範囲を拡大、美味い物をたらふく喰って、元気よく交尾ををくり返し繁殖に努めているのです。

　その結果、三つの群れに分派し百二十頭を越えた。I集落の人口を、猿口が超えた。続、続、続、猿の惑星と化してしまったのである。日永一日、猿に監視されながらの生活に、村民は甘んじているという。私は、集落の有識者であるTさんに、その実情を確かめてみた。

「お久しぶりです。で、その後、猿の被害状況は……」

「いやー参りました。春のシイタケを皮切りに、冬場の貯蔵野菜まで、目につく物は何でも窃盗ですからねえ。おまけに跡片づけはしません。それどころか、おみやげまで置いて行くんですよう」

「おみやげ……？」

「そう、おみやげです。人間様とほぼ同じ物を喰いながら排出して行くんですよ。辺りかまわず」

「うーん、困りましたねぇー。猿と人間の住み分けができていない。根本的な解決法を探らねばならない」

「最終的には、農林業からの完全撤退を敢行し、家の周りからも果樹や干し物食品を排除すること、更に夏でも戸締めして、ヒッソリと暮らすしか手はない。自然を堪能する空間が欲しいなら、新天地を求めて転居するしか、ないな」

　猟友会の銃弾をくぐり抜け、集落民との攻防に勝利し、日本猿達はこの世の春を謳歌しているように見える。だが、猿達にも深い悩みがあるらしい。そこで私は、矛先を変えて老舗的群れを率いるボス猿に問いかけてみた。

「ずい分、勢力を拡大しましたねぇ！　お盛んで何よりです。毛艶も最高ですなあ、とてもお歳には見えませんよ」

「人間様のおかげですよ。畑や家庭菜園には、高カロリー食品がタップリありますから。俺達はね、計画的に採取して、人間共の喰う分を残しているんですよ。まぁ言ってみれば生かさず殺さずの線ですなぁ」

「なるほど、深いウンチクですねぇ。時に、最近白い猿を見たという情報があるんですが、ほんとに実在しているのでしょうか」

「残念です。発生してしまった。急激な猿口増加がもたらした禍ですよ。近親交尾の副産物なんです。我々は自粛計画を建立し、少子化を推進せねばならない。このまま行けば自滅ですな。お恥ずかしいかぎりです。人間と同じ過ちを犯すなんて、誠にお恥しい」

Ｉ集落には、もうひとつの珍事が発生し進行中なのです。それは、飼犬の爆発的増加である。二十五軒中、二十軒の世帯で平均二頭のお犬様を飼育している。しかも誰ひとり、現代的飼育ルールを守らない。夜ともなれば、総てのワンちゃんは自由の身を与えられ、ストレスを発散する。放犬された飼犬達は、狼のごとく吠えつつ、暴れ廻るのです。当然の成り行きで、その群れに野犬も参戦し、群団は肥大化して行く。お犬様の畑荒らしと、糞尿公害で嘆いている内はいいけれど……。まもなく、〝老人や子供が犬に喰われる〟なんてえ事件も予想される気配濃厚だ。

私は、Ｉ集落の区長さんに問いかけてみた。

「集落の人口と犬口が、かなり接近していると聴いたのですが……、問題は無いのですか」

「あぁ、その件ね。何軒かの人が犬を飼っていない。それが問題なんです。全軒が犬飼育に踏みきり、共存すればいい。子供や孫の代替品として、犬の役割は大きい。番犬としても活用できますからねぇ。私自身も重宝していますよ」

「やはり、夜間は放犬されているんですか」

「当然です。ここはど田舎ですから、糞尿を問題視する必要はない。犬を増やして、日本猿と戦わせればいい」

「確かに確かに、一理ありますねぇ。しかし、野犬を呼びこめば、狂犬病などが心配ですねぇ。老人子供の安全も、脅かされるでしょう」

「心配しても切りがないですよ。集落の活性化を図るために、少々の危険は目をつぶらねばならない」．

Ｉ集落の未来は、どの様に変遷して行くのだろうか？　僻地、少子化、高齢社会、日本猿大増加、飼犬野犬の大増加。これらの進行事象は、生じて当り前の事実なのだ。成熟しきった日本経済の恩恵を、まともに享受した結果と見るべきなのだろう。

異変と確実に言い切れるのは、区長を筆頭にした集落民の心根であろう。高級車を操り、美食に酔い痴れ、新品の服を着て、週末にはレストランへ行く暮らしに、どっぷりと身を染めてしまった。エアコンを回転させ、窓を締めきってビデオを観ていれば、犬共の糞尿公害も、日本猿の食害も気にはならないだろう。

私は今、悲しさに包まれている。

日本猿にも、飼われ犬にも、罪はない。罪があるとすれば、まぎれもなく人間にある。I集落を管理するN市、N市を管理するT県、T県を管理するN国、N国を遠隔誘導する超大国。それらを取り囲む利益追求型の国々。

まちがいなく完璧に、地球に異変が勃発している。それらがそれぞれに、滅亡への歯車を回転させている。しかも日々速度をアップしているのだから怖い。

I集落は、N国に完全同調し、粛々と一蓮托生の異変路線を歩んでいるのだ。

（「警友しもつけ」平17・9）

ナイスシュート

「この薄のろめー！　口答えをするんじゃねえ、嫁の分際で……」

囲炉裏の上座から、木尻《きじり》（末席）に向かって火箸が投げられる。雅恵は歯を食いしばって、暴力的凌辱に耐えていた。

封建制度、男尊女卑の残留する昭和二十一年、雅恵は雨空家に嫁いで来た。両親の引いたレールに逆らえない時代の話である。

この寒村には田んぼが無い。わずかな畑と山林が命の糧だった。貧しいけれど、質素堅実を宗として、義理人情を重んじることが雨空家の家訓であった。当然、嫁に対しての躾は厳しさを極めた。

その厳しさから逃れるように、雅恵は夫である仙吉との間に四人の子をもうけた。それらの子供達を楯にし、かすがいにしながら、内外の荒波を越えたのでした。強靭な精神力を学びとりつつ……雅恵は、七十七歳の老境を迎えたのである。

仙吉は七十八歳。今でこそ無口で仕事一途な好々爺を演じてはいるが、かつては火箸を投げたり拳骨を振るう暴力亭主だった。だが、老いと共に優しくなり、家庭内暴力は影を潜めたのです。近頃は、雅恵の奴隷的存在に甘んじているかのようだ。

雅恵と仙吉の長男が信吉である。

信吉は妻である恵子と二人で、小さな飲食店を経営しています。岩魚、地鶏、山菜などを素材にした自然料理を展開し、まあまあの商いらしい。これら二夫婦の子供や孫は、それぞれに都市部で頑張っているという。したがってこのところ、雅恵と仙吉、信吉と恵子の四人同居が続いていた。ちなみに信吉は五十五歳、恵子は五十四歳である。

信吉は地元農業高校を卒業し、サラリーマン二十年を経て脱サラし、飲食店を開業したという。恵子は健気に信吉を支え、ここまで踏んばって来たのだが……。

「信吉さん、あなたに言いたいことがあります」

「なんでございましょう?」

「商売熱心さは評価するけれど、家の事に対して無関心すぎる。舅さんは、そこそこ配慮心もあるから許せるけど、姑さんには困り果てている、我儘の度が過ぎるのよ。なんとかなりませんかねぇ」

「俺だってサジを投げている。嫁時代の反動が出ているらしい、どうにも手がつけられない。

被害妄想狂、自己顕示欲増大、ボケも散見できる。逆らわないで、もうちょっとだけ様子を見ることにしようぜぇ」

「ふーん、私にも責任はあるけれど、私が大人に成って達観の境地に立てればいいのよねぇ。中々難しいのよう」

三人の言い分は次の通りである。

まず、雅恵の言い分に耳を傾けてみよう。

「私は誰よりも辛い、苦労の人生に耐えながら生きて来た。私の指示に従うのは当り前、嫁は嫁らしく、長男は長男らしく役割を果してもらいたい。仙吉は昔、私をさんざん苛めたのだから、私に尽くすのは罪滅ぼしに過ぎない。耳も遠いし動きも鈍い。何かと私の世話になるのだから、一切の口答えをしてもらいたくない。この家に、一番の貢献をして来たのは、この私なのだ！　外の息子や孫に尽くすのが私の生き甲斐だ。それと、お喋りについて文句を言わないでくれ。私は秘密を持ちたくないのだ。知っている事は誰にでも喋って、皆からいい人と言われたい。私ほど働く姑は、この集落にはいないよ」

仙吉のボソッとした言い分は……。

「俺は、家庭内の人間関係に諦めを感じている。ほんとは何にも語りたくねえ。雅恵は若い内から気が強かった。暴力に屈しない精神力を、先天的に持っていたな。その強さに磨きをかけ、山姥の様な気力体力を身に付けた。この集落で、ダントツのお喋り姑、気丈な姑と断言できる。がしかし、よく働くことは認めざるを得ない。長男夫婦には悪いが、俺はできるだけ無力を続けたい。さわらぬ神にたたり無しに徹するのが最良の策なのだ。どうしても喋りたくなったら、他人様のところでお茶をご馳走になりながら、面白く脚色して喋ればいい。どこかでガス抜きしないと、ストレスが溜まるからねぇ。いい舅やるのも、気骨が折れるもんだよう。信吉なんざあ、まだまだ子供だよ。いちいち雅恵に目くじら立てたって、逆効果なんだよう」

恵子さんのボヤキは……。

「とにかく、雅恵さんは異端者だ。常に自分のことしか頭にない。七十七歳らしく、少しは控えめな気持ちを表して欲しい。何んでも、自己中心なんだから困ってしまう。村の行事や、冠婚葬祭など、権限委譲を進めて欲しい。舅さんもひどい。少しは蝶ってもらいたい。事の善悪ぐらい、ハッキリすべきと思う。無口が美徳であることは認めるけど、少々度が過ぎている。信吉さんは、狡いの一言だ。中立的立場は分かるけど、基本的に私を擁護する立場にあることを自覚してもらいたい。家の構造にも問題あり。特に台所周りの改修工事を早急に実施すべきだ。動き易く快適な台所なら、姑さんとの摩擦は小さくなるのです」

以上がお三方の言い分である。

三人三様の立場があり、誰もが納得する答えは見当たらない。舅である仙吉は、人畜無害の様なので棚上げし、姑と嫁問題にメスを入れてみよう。すなわち、雅恵と恵子の対立関係を、どの様な手法で和らげて行くか。信吉は蛮勇を奮って、この永遠的テーマである嫁姑戦争の調停に乗り出した。

おそるおそる、信吉は実母である雅恵に話しかけた……。

「おっかさんの言い分も分かるけど、七十七歳という年齢を自覚しなよ。腰は極限まで曲っちゃったし、無理な労働は自粛した方がいい。嫁を立てる器量が必要なんだよ。老いては子に従えって言うじゃないか」

「おめえって奴は、いつでも嫁の肩を持つ。私の若い頃は口答えなんてできなかったし、善悪以前の問題だ。姑の言葉に逆らうなんて許せねえ。私は何にも間違っていねえ。恵子が生意気なんだ。年寄りに対する、思いやりのカケラもありゃしない」

「具体的に、どこのどの部分が癇に障るのか、ハッキリ言ってみなよ」

「どこがって言われると返事に困る。些細な事なんだ。食事の中身と献立とか、村のしきたりのこととか、数え上げたら切りがねぇ」

「そうだねえ、確かに食事は毎日のことだから、大問題だなぁ。柔らかい飯には閉口している。米の味がしないんだよ」

「私と仙吉はやっこい飯がいい。固いのは喉を通らねぇ、固いオカズも困る」

「固く炊き上げたご飯を、土鍋に掛けて柔らかくすればいい。おっかさんは元気だから、簡単だろう。このままの状態で、嫁との不仲が続けば、おっかさんの晩年は悲惨だぜえ。嫁は勿論のこと、誰からも親身に看護されなくなるよ」

「私ゃあ誰の世話にもならねえ。死ぐときゃあ独りで立派に死んでやる」

「強がりは我儘だよ。外に出ていった子供や孫を、可愛がるのは世の常だが、度を過ぎれば俺も恵子も面白くない。何んてったって、最後の面倒は俺達がみるんだよう。その気にさせるような、温かい仕草を示してもらいたいなぁ。難しい注文じゃないんだから……」

同居する長男と母の会話に、終着駅は存在しない。どちらかが死を迎えない限り、同じレベルでのやり取りが続くようだ。

信吉は悲しい。

母は虎歳《とらどし》を地で行く人間だから、基本的に弱くなったり、可愛くなったりはできない。同情の余地は充分にあるのだが、日に日に我儘になって行く姿を見るのは辛い。信吉の心に、虚ろな風が吹き渡る。信吉は気を取り直し、恵子さんに語かけてみた。

「恵子さん、いつも同じレベルの話で申し訳ないが、嫁姑問題について語り合いたい」

「いいですよう、望むところです。物分りのいい、普通の姑を演じてくれれば、私だって可愛い嫁になれる。死に水だって、心の底から取ってやりたいと思う……」

「それが問題だ。雅恵さんの性根は、完全に固まっている。男尊女卑時代の、生きた化石なのだから……。ここは一つ、恵子さんが超利口者に変身し、悪口を聴き流し、上手に振る舞ってもらいたい」

「何度も何度も努力して、堪忍袋の緒が切れて、泣きわめいて……、嫌な思い出が山積している。なかなか利口者にはなれないのよ。感情を殺し、必要以外の言葉を発しないのが一番みたい。柳に風の心境を目指し、只今努力中なんです」

「なるほどねえ、そこまで煮詰まりましたか。いずれにしても、摩擦を起して見ても得る物はない。俺も後方支援するから、その線で行きますか。できうる限り刺激しないで、反論を唱えず、一切の出来事に目を瞑ること」

雅恵さんは老いたりとはいえ、現役バリバリの姑である。仙吉さんもしかり。だがしかし、そう遠くない将来、恵子さんも姑になる。信吉も舅になるだろう。ナイスシュート（素晴らしい姑、舅）の条件とは何んだろう？　信吉は、知人的お客様である某大学の武田教授に問いかけて見た。

武田先生は、C市の図書館長、C県の教育委員などを歴任する良識人である。

「武田先生すみません、貴重なお時間をいただいて……」

「何を水臭い、雨空さんにはいつもお世話になっている。山菜のこと、炭焼きのこと、樹木のこと、あなたの場合は行動学だから嬉しいよ。まあ、酒でもやりながら楽しく語りましょう」

信吉持参の日本酒は、純米吟醸酒（天空昇兵衛《テンカラ》）である。信吉は、この酒の開発に際し深く係わっていた。

「しかし、天空はいつ呑んでも美味いねえ！　頂き物だから尚更美味い」

「ありがとうございます。時に、先生の所は確か、大家族でしたよね。どんな構成になっているんですか」

「母と家内と私、それに娘が出戻って、孫と二人で居候を決めこんでいる。だから、都合五人家族だな、同居しているのは」

「先生も苦労しているんですねえ。実はですねえ、嫁姑の不仲についてお聴きしたい。ごたぶんに漏れず私も、雨空家の調停委員として悩んでいます」

「ハハハ……同じですよ、私だって調停委員ですよ。戦争の大小はあるでしょうが、どんな幸せな家庭でも、必ず発生する摩擦でしょうなぁ。人類が続く限り、嫁姑はいがみ合う宿命を背おっている」

「なるほど、それぞれの家に、摩擦ＤＮＡが存在しているんですねぇ」

「そうね。十人十色の軋轢摩擦があると思う。特に、跡取り息子の嫁に対してのいびりは強い。同居することに問題ありかな……」

「いいとこ突いてますねぇ、確かにその通りだと思います。稀に仲よしを装っている嫁姑を見かけますが、どちらかが我慢して利口者を演じているはずだ。五分五分に理解し合っての、家庭円満なんてあるはずがない」

「あるかも知れないが……、稀だろうなあ。家庭の中に、伝統的慣習法が形成されている。長年、被告席に座っていた嫁が、姑死亡の日から裁判長席に座る。積年のストレスを吐き出し、厳しい審理を執拗に繰り返す。これは当然の摂理なんだよ」

「確かに確かに、法律の一部と捕えれば納得できますねぇ。姑さんの言い分には、厳しいけれど、先人の教えが沢山含まれている。問題はそれらを、いかに優しく伝承するか、……ですね」

「うん、いいねぇ。嫁さんを喜ばせながら教育し、過去の良質なる生き方を伝える。嫁さんから尊敬される姑、あるいは舅に成るための必須要因だな」

いつの間にか、二本目の天空も空っぽになっていた。武田教授と信吉の酒呑み話は、際限もなく続きそうだ。けれど、これ以上の答えは出て来ないだろう。

どちらかが利口者になることが、一般的な落し所になっている。両方共利口者になった場合はどうなるのか。たぶん、上辺の親交のみが先行し、やがて大爆発へと進むだろう。間違うと刑事事件にまで、発展する可能性あり。

雨空家の先行きはどう成るのか？

信吉は次の様に結論づけた。

「雅恵、恵子、仙吉、いずれの方々の言い分も、それなりに正しく、それなりに誤っている。ひとつ屋根の下で、死ぬまで暮らすと決めたのだから、互いに折れ合って、思いやりの精神を貫くことが肝要なのだ。互いに評価し、悪い部分は時として目を瞑り、良い部分を讃え合う手法を実践せねばならない」


この世に生を受けた大方の人は、いずれ、姑か舅になるのです。最も身近な人間関係を、いかにナイスにコントロールして行くか、それが問題なのである。人が人を愛し人が誕生し、嫁姑、嫁舅が際限もなく発生し続ける。雨空家も、それらの連鎖の中の一コマに過ぎない。短い短い人生なんだから、大喧嘩しながら、おおらかに泣いたり笑ったりして暮らせばよい。小利口ぶってみても、たかが一瞬の人生じゃないか。

ドロドロした気分を払拭したくなったら、心の奥底に相手を固定し、思い切りよく蹴っとばすことだ。そして大きく叫べ！

「ナイスシュート！」


（「警友しもつけ」平17・10、11）

冬

炭焼き

ここ十七年ほど、ベテラン親父に助けられながら炭焼きをしている。好きだからというより自分の生業に欠かせないので炭を焼いている。買うと高いが、売ると原価割れする、不思議な林産物。しかし、イワナを焼く深みある火の色をじっと見つめていると、黒炭に宿る摩訶不思議なパワーに魅せられてしまう。

炭焼きの仕事は、十一月上旬の落葉期から三月下旬の芽吹くころまでの約五か月間だ。自然林を再生するために、伐採作業は冬期でなくてはならない。労力を集中できることも好都合だし、湿度変化が少なく原木の水分も一定し、良質の炭を作りやすいのだ。

炭を焼くのが厳冬の生活を保つ方法だった、親父は良質の炭をいかにロスを少なく生産するか、あれこれと試したそうだ。煙突を二本たててみるとか、焚口をコンクリートで成型するとか。一長一短あって、結局は石と混合粘土、そして一本の煙突に落ち着いたのだそうだ。

炭にする原木はクヌギかコナラ。伐採し原木状に切り揃えるのは過酷な作業だ。一か月くら

父（昇）にはいろいろなことを教わった（炭焼き小屋で）

い乾燥して、窯に隙間なく積み込む。そして、火入れ。まず三十時間くらい燃やす。これを「前燃し」といい、火が完全着火（最後尾まで火が回った状態）したら「小がま」にする。焚口を極端に小さくし、二〇平方センチくらいの空気穴を設ける。酸素の供給量を細くして、じっくりと燃やし、炭化させるのだ。

三日間ほど、煙をながめ臭いを嗅ぎながら監視する。最初の煙は、水蒸気が多いので真っ白だ。徐々に青くなり、青紫色になっていく。臭いは完全着火の時に強い辛臭があり、だんだん辛味は薄くなる。

青紫色から無煙になった時が窯止

めの好機。遅れれば灰になってしまうし、早すぎれば木質部が残り不良炭（当地方ではネボエという）となる。焚口の小がま部と後方の煙突部を粘土などでぴったりふさぐことを窯止めというんだが、このタイミングは何度やっても難しい。その後、三日間くらいは何もせず、窯内部の温度が作業可能になるのを待つ。

炭出しは焚口を開けて丁寧に取り出し、良質炭、ザク炭、粉炭の三種に分類しながら、小屋の中に積み上げる。出し終わったら、すかさず原木を入れて、窯の中の温度が低下しないうちに次の火入れだ。

炭小屋では箱詰め作業が待っている。のんびりなどしていられない。炭焼きは時間との戦いでもあり、かなり厳しい作業の連続なんだ。

ある時、雪景色に青紫の煙が吸い込まれていくのを見ながら、親父に炭焼きしていて何が一番楽しいか尋ねてみた。

「楽しい？　ちょっと意味がわかんねえなあ。焼き上がりの心配があるくらいで、別に楽しくはねえなぁ。しいて言えば完全に火が回った時にホッとするぐらいかな。……昔はひどかったよ。今のようにチェーンソーや軽トラック（4WD）なんてえ機械はなかったからねえ。だが、炭を売って、わずかの現金と対面した時は格別にうれしかった」

親父は、生きるために黙々と炭を焼き続けてきたのだ。「うーん、時代の流れだねえ。青紫色の煙にロマンがあふれていると感じるのは、どうやら、私の苦労知らずな感情によるものかもしれないいな……」

「いやぁ、そうとも言い切れんよ。確かに炭焼きには不思議な魅力があると思う。俺のような年老いた男にはそれが何であるのかピンと来んがねぇ」

親父とふたりで、自然を破壊してばかりいるお偉いさんたちを相手に、炭焼きを通した自然塾を開こうというところまで盛り上がったのだが、このたくらみはどうも実現しそうにない。

（「栃木よみうり」平7・3・24）

改葬

白笹山からの風は冷たい。しかも、粉雪が絶え間なく吹きつけて来る。

「なあ親父、何体ぐらい出るかねえ」

「うーん、三つは確実に出るな。あとは三十年以上前だから、土になってっぺさ」

いよいよ当家も、私の代で世間並みに火葬スタイルになるんだな。四〇〇年ほど続いた板室本村の土葬風習も終焉を迎えるわけだ。

東福寺の住職は、舞い散る白粉の中で、実に気長に供養教を唱えてくれている。私は宗教なるものは本質的に嫌いなのだが、こうして寒風の中にたたずみ、経文を凍える耳で受け止めてみると、有り難い心持ちになってくるから不思議である。

いよいよ墓石業者二名による掘り起こし・骨焼き儀式の開始だ。最初は小骨など、かなり旧いものばかり出土していた。その後、頭蓋骨《どくろ》が続々出てきた。私の知っている祖先たちなのだが、懐かしいというよりは、むしろ怖い。だが、何と言ってもこれが、この骨たちが、私のルーツなのだ。拾い集めて丁寧にダンボールに収めた。

突如、強風に巻き込まれ、あたり一面、暗くなった。天上に小さな灯が見えて、音もなく舞い降りてきて、私の横に止まった。

「あれ、マキばあちゃんでないけ？」

「よくまあ、こんな寒い日に骨焼きなんて、大変だなあ。んでも、うれしいよ。おらもよ、七年も土ん中にいると退屈でな。きれいに骨洗いしてもらえるなんざ、霊界冥利てもんだ。小ぎれいになって、男でも探すかな」

「いいねえ、その意気だよ。お墓整備事業は二か月くらいですむから、お寺さんでゆっくり静養しててくれ。秋彼岸には盛大に法要を営むからよう」

「ハイな。よくわかった。近ごろは平成不景気とやらで何かと大変だんべが、まあよろしく頼む。あんまり墓場に金かけて、高根沢家が潰れたんじゃ、元も子もねんだから。分相応てえのが大事なことなんだ。昇一の器量で予算組めばそれでいい。だがなあ、いずれは、おめえも入居するってことだけは忘れんな。まあ、おらからの助言的指導は以上だな。じゃあ、またそのうちな……」

太い薪に灯油をかけて、その上にトタン板を敷き骨を広げ、ブロック状のオガクズ薪をまぶし、さらに灯油をかけて点火する。気持ち良く燃える。折からの那須おろしにあおられながら、オレンジ色が上下左右に激しく飛び散ってゆく。

茶褐色の大小の骨達は白色へと変化した。

四体の骨を三つの骨壷に収納し、親父はお寺さんへ車を走らせた。法要の時まで供養がてらお預かりいただくのだ。後片付けをしていた二人の業者は、そのごつい風貌とは裏腹に、優しい物腰で私にあいさつをして去って行った。

私は残り火に話しかけた。

「おかげ様で無事に終わりました。これが人生の一区切りってもんかねえ。この辺じゃあ、墓石を建立した人は早死にするという迷信があるんだが。人間なんて、しょせん明日のことはわからんもんなのだから、いつお迎えが来ようとも、入居できる別荘を誰かが造らなくちゃなあ。私はね、住む家さえ新築できない甲斐性無しだから、せめて霊界別荘くらいはと思って、思い切ったんだ。これで私も死後の楽しみが出来たよ。正吉おんじー、市之助じっちー、マキばあちゃーん！　そのうち、うまい酒や食い物いっぱい持って行くから、楽しみに待っててくれよな。だがなあ、私もちょっと忙しい。両親、妻、子供、その他、生前事業が目白押しなんでな。あと四、五〇年待ってもらうようだ……な」

いつの間にか残り火は青風の中に消えていた。


（「栃木よみうり」平7・8・11）

上野駅

私は戦後まもなく、ドバッと集団で生まれた、いわゆる団塊の世代である。徴兵制度は免れたものの食料事情は貧困を極めたし、学歴も、その氏育ちによりかなりのバラツキがあり、心身ともに裕福な奴は少ない。しかしながらほんとの意味での豊かな自然に育まれ、隣人を思いやる優しさ、正義感、バランス感覚は結構持ち合わせている世代といえる。

昭和の風物詩の中に集団就職という現象があった。これは高度成長への幕開けでもあったのだが、当時の流行歌に「ああ上野駅」がある。たしか井沢八郎さんが熱唱していたな。私は長男だったので地元就職をしたから、直接的かつ劇的に上野駅を恋することは出来ないのだが、二十歳前半の五年間、仕事の都合上頻繁に東京へ出張を繰り返したせいで、上野駅には特別の感情を抱いている。五十四歳になる今でもその心は変わらない。むしろ日々その恋心は募る一方である!

仕事、遊びに関係なく、都内をぐるぐる回って那須に帰ろうとする時に、どういう訳か上野に足が向いてしまう。東北新幹線は東京駅始発なのだから、なにもゴミゴミした田舎っぽい上野に回帰する必要などないのだが……。私にとっての上野駅は都会の中の故郷なのである。

西郷隆盛の鋼像、動物園、不忍池、アメヤ横丁などに、まるで波の様に、流れさざめく旅人の群れ。その中に独り漂う時、ああここは上野だなあと強く実感できるのだ！　そうそう、聚楽台なんて旅人専用の大型食堂もある。今でも健在で、お上りさんや、都会住まいの方の心を満たし慰めているのです。上野駅周辺は、三十年前と同じ匂いを今だに発散させている街なのだ。もちろん、外見やそれらの中身は変化しているのだが、旅人への温かさが、しっかりと残っているから嬉しいではないか！

とある薄汚い食堂で、発車までの時間潰しを兼ねて、胃袋孝行へと足を運ぶ。入り口に下足番的な呼び込みの爺さんがいた。とうに八十歳は越えているように見えたな。

「爺さん、座れるかね？」

「ああ、いらっしゃい！　どうぞどうぞ、奥の方へ」

「あんまり時間がないから早く出来る物がいいな」

「品書きにあるもんならなんでもすぐにできるよ！　味と値段と速さが自慢で、何十年もこの商売をやって来たからね」

「よっしゃあそれなら、親子丼と冷てえビールだな。ビールは大至急！」

「嬉しいねえ、あんたの注文の仕方は気分がいい。ビールのツマミはあっしの奢りだよ、ぐっとやりなせい！」

「爺さんもコップ持ってきなョ俺の気持ちだ一杯やってくれ！　もう一本栓ぬいてくれや、さあ爺さんやってくれ！」

「旅の兄さんよ、列車の時間忘れなさんな」

「いいってことよ。ひと列車遅らせても泣く女はいねえからよう」

「なにを言いなさる。兄さんほどの男が。嘘をいっちゃあいけねぇな！」

「爺さん上野の生まれかい！　もう一本行こうぜぇ！」

——なんてえこともあったなあ。とにかく上野駅周辺の人々は温かい。ただし色々な人が、内外から流入して来る昨今である。スリ、置き引き、かっぱらい等の危険が、渦を巻いている街でもある。十分注意をしながら、この都会的田舎街を探訪しようではないか。まだまだこの街には掘り出し物のお店や、極めつけの上野原人が生息しているはずだから。かく言う私も、上野原人の亜種なのかも知れない。


（「警友しもつけ」平13・12）

ああ、中学校同級会

今から七年前のこと、那須温泉のとある高級ホテルに、三十余年前の青春をぶら下げて、俺たちは集い、話し、飲み、歌うことになりました。この集会は代表幹事のM氏とその他数名の有志のご努力があって実現したものである。

私の部屋は四〇四号室。同室の面々はK、T、S、KS、の都合五人。

それにしてもみんな堂々としているな。四十七歳の男の自信が、こぼれるように匂って来る。身体、顔、風体はそれぞれに丸くなってはいるが、中学生時代を確実に引きずっているなあ、面影が色濃く残っている。お互いに構えないで無防備で、裸の話ができる。同級生は素晴らしい！

取り留めない話を進めているうちに、四〇四号室の冷蔵庫は空っぽになってしまった。飲み物欠乏症のところへ館内のアナウンスが流れたね。

「T中学校三十七年卒業同級会の皆様、ご宴会のお時間でございます」

「おお、そろそろ行くかぁ」

「ああ、早めにいかねえと入りづらくなる。いくべぇかぁ！」

「女達と遭うのが楽しみだな」

「ん、楽しみだなぁ」——と答えてはみたが、残念ながら私には、親しく声をかけられる青春のパートナーは存在しない。今回は何といっても、先生にお会いすることが最大の関心事だなあ。ちゃんと覚えていてくれるだろうか、少し不安だ。

恩師四名のご挨拶、乾杯、そしていよいよ宴会に突入。総勢六十人ちょっとだから手に取るように確認できる。人間の記憶とは大したものだ。名前は思い出せなくてもその懐かしい顔はハッキリと覚えているからねえ。


「先生、昇一です！　覚えていらっしゃいますか？」

「昇一……分かる、分かるわよ。ずいぶん変わっちゃったけど、皆立派になって、嬉しいわ」

「先生はあのころのままですね。とてもお若いです、ほんとに……」

「そんなことないわぁ、オバァチャンよ。でも後三年間先生をやれるのだからまだ若い、そう若いのよ！」

「俺、すごく安心。そして嬉しいです」

考えてみれば中三の時の担任、そして先生は大学出たてのフレッシュウーマンだったのだから、物理的にも若いのである。私たちの方が、数倍老化してしまったのだ。なんかこう、物悲しい現実である。

宴たけなわである。何という華やかな光景であろう。カラオケ、ダンス、談笑……。中年男女のパワーが乱れ飛び、会場は正に青春戦場そのものだ。あちこちにカップルに近い親密組が生まれそうな気配すら漂う、いいムード、ナイスムードだよ。

もしもさ、ここだけの話だけど、同級会カップルなんてえロマンスが、誕生することもあるらしい。いいんじゃないの、羨ましいね。

私のような者には夢のまた夢だけど、世の中には、運命の糸がはりめぐらされているから、避けて通れないときもあると思うよ。ましてや青春を引っぱっている、円熟の女と男だもの、今宵は無礼講。無礼講で大いに飲み歌いましょうよ！

ひとり人混みから抜けて、ざわめきを遠くに聴きながら、ホテル特製の露天風呂にドップリと浸る。ああ、いいなぁ、同級会はいいなぁ。中学校の同級会は最高だぜ！　実行委員会のみんな、ほんとにありがとう、ありがとう。

人生は前を見て歩けと言うが、たまには過去を振り返り、若き日の青春に浸るのもいいものだ……。

（「警友しもつけ」平14・1）

私はハゲている

私の頭は四十歳なかばころより、後頭部の方から少しずつ薄くなり、現在誰が見ても「ハゲ」の症状を呈している。若い時分は黒々と、うっそうと、そりゃあ邪魔になるぐらい茂っていたものを……。

私は祖父の遺伝子をそっくり引き継いだらしい。父は白髪であるが、祖父はまぎれもなく後頭部からのハゲであった。まあしかし、私も五十歳を過ぎた。ちょっといい女や、口の悪い奴らに馬鹿にされるのは辛いが、今更植毛会社にラブコールを送って、黒々フサフサになろうとは思わない。頭だけカモフラージュしても仕方ないからだ。

年齢相応、自然にさからわず、素顔、素足、素直のラインで、ここから先も生きて行くつもりだ。

つい最近、女性週刊誌の読みかじり。

「おおいやだ。ポッコリおなか、ムッチリ太もも、偏平ヒップ。ああ魅力的なボディがほしいわ！」

よく言うよなぁ。ハゲてる男の身になってみろよ。それぐらいのことで嘆かんでくれ。まったく今時の女性群は幸福なものである。悩みの原点がまるで低すぎる。反面、私のように毛の少ない男は可哀想である。太陽の直射を受ければ、熱いのを通り越して痛いのだ！　何かにちょっとぶつけてもその痛みは格別であり、涙が滲むほどである。もちろん女性にモテル確率は非常に低い。

だがな、ちょっぴりだが得することもある。話相手に対し、優越感をプレゼントしてやれること、年上に見られること、シャンプーリンスがワンタッチで完了してしまうこと、などである。とは言うもののやっぱり黒髪が恋しい。ここ数年来、育毛剤を朝夕かかさずふりかけてマッサージして、たとえ一本でも増やそうと努力するのだが、効果は残念ながら感じてこない。小売店のママに言わせると「育毛剤を使っているから、その程度で止まっているのよ」……とくる。

平成不景気もすでに、十年を越えいささか鼻につく。われわれ庶民は青息吐息である。そんな中にあってもハゲカモフラージュ産業は元気だ。超元気なのである。この不景気をもろともせず、各社その技をきそっている。

だが稀ではあるが、堂々とハゲを隠さず、自然な歩き方をしている男に遭遇することがある。

いやあ嬉しいねえ。すべからく人間はこうでなくてはならん。真っ正直は男の宝である。だから私は、好みの女性を見つけたら果敢にアタックする。

「私はハゲている。お金は少ししか持っていない。しかし情熱とロマンと丈夫な身体を持っている。私を好きになっていただけないでしょうか？」

「お馬鹿さん！　顔を洗って、いや、お金を稼いで頭を決めてから出直して！」と軽く一蹴されてしまう。

どうやらこの地球では、特に日本では、お金の無い男、ハゲ男が泣きを見るように仕組まれているらしいのだ。

「ああ　真実の愛は　真実の恋は　いずこにあるのか　ああ……、男はつらいよ」

（「警友しもつけ」平14・2）

雑　草

名もない草のことを雑草と呼ぶ人がいるけれど、植物図鑑をひもとけば、全ての草に立派な名前が付いている。ここ板室にも、数えきれないほどの草が四季を通じて、至る所に頑張ってしがみつくように生きています。

人間という生き物は、自分勝手の固まりみてえな物だから、目立たない草、利用価値のない草、有名でもない草を、さげすんで雑草と呼び捨てにするんだなぁ。でもさぁ、我々庶民的一般大衆は雑草なんだよねぇ。有名な人に、特権階級の人に、武力行使する人にお布施を支払ながら、細々と暮らす。それらの見返りとして、おおらかな自由行動が与えられている。偉い人々の悪口を言いながら、日々飲んだくれていられるのであるからして、雑草やるとなかなか止められなくなる。

私は正真正銘の一本の雑草であります。雑草であることに誇りを持って発言し、行動できるようになりたいものだ！　が……しかし、「天は人の上に人を創る。天は人の下に人を創る」

などと思ってしまう私なのだ。やたら泣き言を言うあたり、優秀な雑草になりきれていないんだなぁ。五十五年もの歳月を体験しつつも、今だ心の奥底に一山当てようなんてえ色気が、しっかりと息づいている。踏まれても、刈られても、むしり取られても、地道に地道に大地にしがみついて行かねば、と思ってはいるのだが……。

私はかえるっぱ（オオバコ）に話しかけた。

「それにしても今年の夏は暑かった。猛暑猛暑の連日だったねぇ。熱中症に倒れた人間がいっぱいいた。かえるっぱさんは大丈夫だったかねぇ？」

「アホなこと言うでねぇ。オイラは不死身だぜぇ！　人間のようなヤワじゃねぇ。子孫繁栄を夢見て、根っこ張って、種散らして、ひたすらはいつくばって、最後の最後まで戦う……」

「いやあ、さすがだねぇ！　心構えが強い。人族、特に昨今の日本人ときたら、戦わずして逃げを打ったり、自殺してしまう御人がやたらと増殖している。年寄りはまずまず元気なんだが、若くなるにしたがって元気が減少していくんですよう」

「そりゃぁなんだなぁ、末期的症状ってやつだねぇ。経済が成熟して高学歴化が進み、情報社会になって、いいことと盛り沢山だが、反面、自然環境は疲弊し、相互扶助社会は崩壊したのさぁ。ここは一番、かえるっぱ社会をお手本に巻き返してみるといいねぇ」

確かに確かに、かえるっぱさんのご指摘は的を得てるなあ。人間らしく、女らしく、男らしく、日本人らしく生きるためになにを成すべきか、検証してみましょう。

●泣き言は言ってもいいが明日に引きずらない。

●両親、祖父母を敬いつつその心を社会に転化する。

●子供、孫をペット化してはならない。真の愛情は厳しさの中にある。

●自然環境の再生保全は生き物としての義務である。

とまあ、普段から深く感じていることに、かえるっぱさんの助言を加味して列記してみました。誰しもが思っているけれど、実践するのは実に難しい事柄ではないでしょうか。しかしながら、私たち一人ひとりの雑草が、良識、正義を復活させねばならないのです！　一本の声と行動から世の中は動くと信じて、長い長い戦いに参戦しようではありませんか。たとえわずかずつでも前進して、よりよい未来環境を構築しましょう。

小さなことを積み重ねて行けばいいんだよね。難しく考えないで簡単に出来ることをさりげなく実行して、次のことをやりゃいいのさぁ。私としては、雑草諸氏が喜んで共鳴してくれることを夢見ている。

「さあ！　やるぞやるぞ、やるぞう！」

（「警友しもつけ」平14・12）

老いと戦う

人は生まれた時から死に向かって進まねばならん。この宿命から逃れた人は皆無、長生きしてもわずかに百年ほどである。その短い時間の流れの中で、いかに、いかなる手法で己を満足させながら、美しく老いて安らかな死を迎えたいと、誰しもが深く思う。

現代において、本格的に老いを意識するのは、五十歳の峠を越えた辺りからではないだろうか？　仕事面、精神面、そして肉体的に無理のきかないゾーンに突入するのだ。それにしても日本人の寿命の伸びたこと、世界一らしいのだから驚くねえ！

十人十色、百人百色の老い方があるはず。これが決め手と言える手法など存在するはずがない。だがしかし、あえてここは一番理想の老い方を、男の立場から追求してみよう。

まず健康だな。美味しく食事ができること、若々しく旅を楽しめること、愛する女性を満足させられること（個々により達成度、手法は異なるが）、好きな仕事または趣味を、最後の一日まで遂行できること、これらを実践する残日を、日々送るための第一要因は、健康の二文字であります。

次に経済力だな。とは言うものの、これをクリアするのはけっこう難しい。有り余る大金、宝くじやギャンブルなどで得た不労所得的大金、さらには遺産相続などの棚からぼた餅的大金、こうした泡銭大臣様は、えてして不幸になることが多いねえ。でもやっぱりお金が無くては人生寂しい、身の丈に合った分相応の持ち金がベストなのだが、死の間際までそれを維持することは、至難の技である。ましてや金融事情は悪化の一途を辿っているのだから辛い、無利子的時代はまだまだ続くだろう。頼みの綱である年金もあてにならない。給付年齢の引き上げと給付比率の引き下げは、徐々に確実に進行していくだろう。

さてもう一つ大事な要因がある。知識力行動力である。自然界のこと、世間一般のこと、法律的なことなどを熟知すべきなのだ。

ある初老の男との会話。

「そう簡単に言われても私は無学だからねぇ。今さら勉強できませんよ」

「いや！　間に合いますよ、死ぬまで勉強っていうじゃないですか。自然を愛して楽しんで、趣味をたしなむ友人と親しんで、軽く法律をたしなんで、悪人に騙されないことが肝要と思うんですがねぇ」

「あんたさんのおっしゃる通りだが、そうそううまくはいきませんぜぇ」。

「意外と簡単だと思いますよ。自然も趣味も法的なことも、信頼できる友人に相談すればいい。特に法的なことは、段階を経ながら関係機関に持ち込めばいい。近頃の公的機関は親切丁寧で優しいから、遠慮しないで門をたたけばよい」

「あんたさんは世馴れているし、肝っ玉が太いから簡単に言いのけるが、私はだめだねぇ。老いて益々気弱になってゆくねぇ」

理想の老い方は実に難しいが、人それぞれなのだから、素直に直線的に発言しながら、柔らかく行動したいものである。男として人間として、攻めながら生きるのか、停滞しながら生きるのか、逃げながら生きるのか、あなたはいずれを選び、どのように老いてゆきますか？日々攻めながら、時に停滞し時に逃げて、人間背景、時代背景、そして経済背景（己の懐具合）を計算しつつ控えめに、時には疾風のように走り、飄々と流るる風のように、生きて老いていきたいなぁ、と俺は思っているけれど、理想との乖離する比率はかなり大きい。

右記内容に、少しでも近づくために今何を成すべきか（五十五歳）、国民年金の俺としては、やっぱ真面目に働いて、たとえわずかでも経済力のアップを図らねばならん。あっとそれから知識も吸収せねば、でもやっぱり健康第一路線だなあぁ。


（「警友しもつけ」平15・1）

お通夜

親戚筋のお通夜に参列した。

那須山麓に位置する旧くて小さな集落なので、義理と人情に溢れた儀式でありました。

「えー皆様、何かとお忙しい中をお運びいただきまして、誠にありがとうございます。ただ今よりニッカン（通夜）を執り行いますので、よろしくお願い申し上げます」

「えー私が進行役を勤めます○○と申します。それではまず湯灌を執り行いますので、ご家族の方から左回りで静やかにお進み下さい。時計と反対の回りです。お顔お手お足の順で清めてあげて下さい」

およそ一五〇人ほどの親戚者、縁故者、近しい知人が清々と粛々と、時の狭間を流れて行きます。まるで王様に群がる忠実なしもべのように。真面目な人生を積み重ねると、死して必ず王のようになれるらしい。死者の顔は美しく微笑み、八十一年の歳月を全うした喜びを浮かべていました。私は今五十五歳と三か月だが、とてもとても八十オーバーはできそうにない。せめて死者にあやかろうと、丹念にふき清めました。

湯灌とは俗世間（この世）の汚れを取り去ることが目的であり、昔は湯船に入れて、丁寧に洗ったという。その点は今は簡単だね。消毒された小さな脱脂綿で、軽く三カ所ほどなぜればよいのだから。がしかし、心を込めて厳かになぜなければならんのです。

次は親戚の方の手によって旅支度を整えます。

額にぴたっと三角形の幽霊マークを取り付け、さらに手っ甲、脚絆を全て縦結びにてしっかりと結んで行く。天国までの道のりはかなり長く険しいのでは？　と心配になった。

旅支度を済ませたら納棺だ。家族や組内の手によりそっと納棺する。


いよいよフィナーレであります。またもや左回りにて、一枝の花、一輪の花を用い、死者と寝棺の隙間を埋めつくすのである。

万感の思いと過去の良き場面を回想しながら、心を添えて花を添えるのであります。軽いざわめきと涙のすすり音が渦を巻き、通夜の儀式は終幕へと進みました。

「悲しいとは思うけれどさぁ、それにしてもいい逝き方だったねぇ。入院して三日目の晩に旅だったのだからさぁ。男としては年齢に不足ないし、看病時間の短さに不満は残ると思うけれど……ねぇ」

「確かにその通りなんです。でもねぇ、あんまり急だったから、気持ちの準備ができてなくて、あたふた状態なんです……」
「確かに、確かに、よく分かります。とにかく喪主の立場は悲しんでいる暇がない。気を強く持って、感謝の心を表しながら頑張って下さい」
「ありがとう、ありがとう…」

私のここから先の人生において、順番通りに推移すると、喪主を二回経験することになる。病気、事故、その他の原因により未経験で終わるかも知れないが？　一寸先に何が起こるか、神のみぞ知ることではあるのだが。常々から心の準備、知識の準備、それからそれからお金の準備をしておくことを肝に銘じてみた。旧く続いた山間の集落の長男は辛いねえ、死者の兄弟、自分の兄弟、近い親戚、組内、集落の方々、縁故者の方々に失礼があってはならないのだから。

いずれにしても、一人では通夜も本葬もできないねえ。日頃から関係各位との交流を深め、真摯な態度で落ち度なく交際する必要がありそうだな。だけどねえ、私はめんどくさいのが大嫌い。苦手なんだよねえ。頼みの綱は女房どのだな。

（「警友しもつけ」平15・2）

家庭教育崩壊

二〇〇三年二月一日、午前八時の国営テレビジョンは、得意満面の様相で次の様に報じている。「本日はテレビ開局五十周年であります！　五十歳の誕生日を記念して、十六時間ブットウシの番組を企画致しました。懐かしい画面や、懐かしい人々をご紹介しながら、蓄積され進化してきた歴史を纏《まと》めてみました。どうぞご期待ください」

私は五十五歳だから、単純計算すると、五歳の時すでに、テレビは存在していたことになる。それから十年後、白黒画像のテレビ（ビクター社製）が我が家にも配達された。私の家は栃木県の山奥だから、配達までに相当手間取ったのであろう。力道山（プロレス）全盛時代であった。貧しい寒村だから、テレビのある家は少ない。向きのいいお宅に押しかけて、皆で息を殺し、歓声を上げ、あちこちでミニ映画館を形成していた。

それから間もなく、屋根という屋根にアンテナは寄生した。人々は都会田舎を問わず、テレビを見ながら、食事をするようになりました。その結果、家庭から会話が消え去っていきました。そして、娯楽番組の充実と共にチャンネル争いなどという、新たな火種も各家庭に配信された。

テレビは情報伝達のスーパースターである。瞬時に国内外の出来事を、キャッチ出来るのだから凄い！　だが、マイナス面も続出している。ボタンを押せば流れてくる、膨大な情報量に子供も大人も戸惑いつつ順応し、猥褻行為、暴力、殺人、苛めなどに巻き込まれてしまった。それらに追い打ちを掛ける電子機器の、発達は目ざましい。パソコン、携帯電話、ゲーム機器の類《たぐい》は、個の所有物であり、家族で協調して楽しむ物ではない。

子供達が情報機器に毒されたのではない、大人が最初に毒されたのである。ストレス解消や快楽を、テレビなどに求めすぎた結果、親子の会話（喧嘩するほどの愛情のやりとり）は小さくなり、大方の家庭において消滅したのである。消滅した家庭に事件は発生する。登校拒否、家庭内暴力、万引き……それらの糸を手繰《たぐ》れば、必ず家庭内教育の貧しさに繋がる。親子は車の前後輪のような物では、ないだろうか？　お互いに発言し、足らない所を補い合い、思いやりを発揮すれば、きっと上手くいく、大人が先に発言し手を差しのべなければならない。その大人族がだらしないのだから辛い。家庭教育、義務教育、社会教育と順次崩壊したように思われる。

しかしながら、現代の大人族の心底には、僅かながら「躾」という言葉が残存しています。この言葉と体験を武器にして、家庭教育「躾」を復活させねばならん！　戦後生まれの団塊の世代が核になって、牽引役を務めればいい。国策として推進せねば、この国の未来は危ういと明言出来る。

具体的手法を模索してみよう。

まず第一に、家庭内での双方対話を、復活させねばならん。食事の時間はテレビのスイッチを押さない。難しいとは思うけれど、習慣化すれば、なんとかなる。対話離れ防止策の第一歩だから、家長は奮戦していただきたい。

次に、小学校教育にスポットを当てながら、対策を練ってみよう。常に、躾の母体は家庭なのだ。学校は学問主体であり、躾に関しては、補完的な役割を果たすに過ぎない。親御さんは学校に対して、過剰な要求をせず、自ら研修し行動しなければならない。しかし、親御さん達の、勉強する場が少なすぎる。

家庭学級（生徒は親御さんと先生方）の回数を増やし、その中身を充実させる事が急務なのだ。問題はそれを実行する教授陣を、いかに発見し揃えるか。ご意見番的で、子育ての名手で、しかもバランスの取れた有識者が理想なのだが、発見は至難の技である。仮に委嘱出来たとしても、運用面が難しい。一元的な指示で、全ての事業が動いている現状を打破するのは難しい。

単発的に有名有識者を招いても、一過性で終わってしまう。恒常的に児童達に先駆けて、教育する必要は大きい。親鳥を健全にすれば、子供鳥も健全に育つ、家庭教育と小学校教育が、カチッとかみ合う状態を創ればいいのだ。ＰＴＡが主体性を発揮して、研修事業を推進するのが、一番いいのだが、皆忙しい。

日本経済は不景気ではあるが、高止まりしています。所得高を死守して、より良い生活を求めるあまり、物質優先の社会構造になってしまった。今こそ、貧しい時代の教科書を繙《ひもと》き、人間本来の愛情を復刻させようではないか！　一匹の獣に戻って、子を孫を愛してみようではないか。時には優しく、時には厳しく。孫の横っ面にビンタして、悔恨の涙を流すくらいの祖父母が丁度いい。

「団塊の世代の諸君！　徴兵されなかった幸せを噛みしめて、先人に対して、子、孫に対して、感謝の意を示すために、強くなろう！」

（「警友しもつけ」平15・7）

私説　会津中街道

ここは、栃木県黒磯市の最北端である。那珂川本流を挟んで、小さな集落が両岸にひっそりと、へばりついている。集落名は、南寄りが油井、北寄りが阿久戸という。語源由来は定かでないが、江戸中頃よりの集落というからかなり旧い。

この辺りから、三斗小屋宿にかけての一帯は、戊辰戦争の戦場跡らしいのだ。かなりの急坂道を登り上げると、阿久戸と板室の境地に差しかかる。その辺りを小笠原畑という。

一八六八年一月、鳥羽伏見において勃発した戊辰戦争は、たった数カ月で、舞台を板室へと移しています。旧幕府軍の地滑り的崩壊を、如実に物語っている。幕府軍の中隊長であった、小笠原新太郎の戦死場所にちなみ、小笠原畑と呼ばれているのだが、それを証明する物はなにもない。

この激戦の折に、油井、阿久戸、板室は全て焼かれてしまった。幕府軍（会津藩）の背走を助ける為に、板室村民は泣きながら、自分の家に火を放ったという。時の権力には、絶対服従の

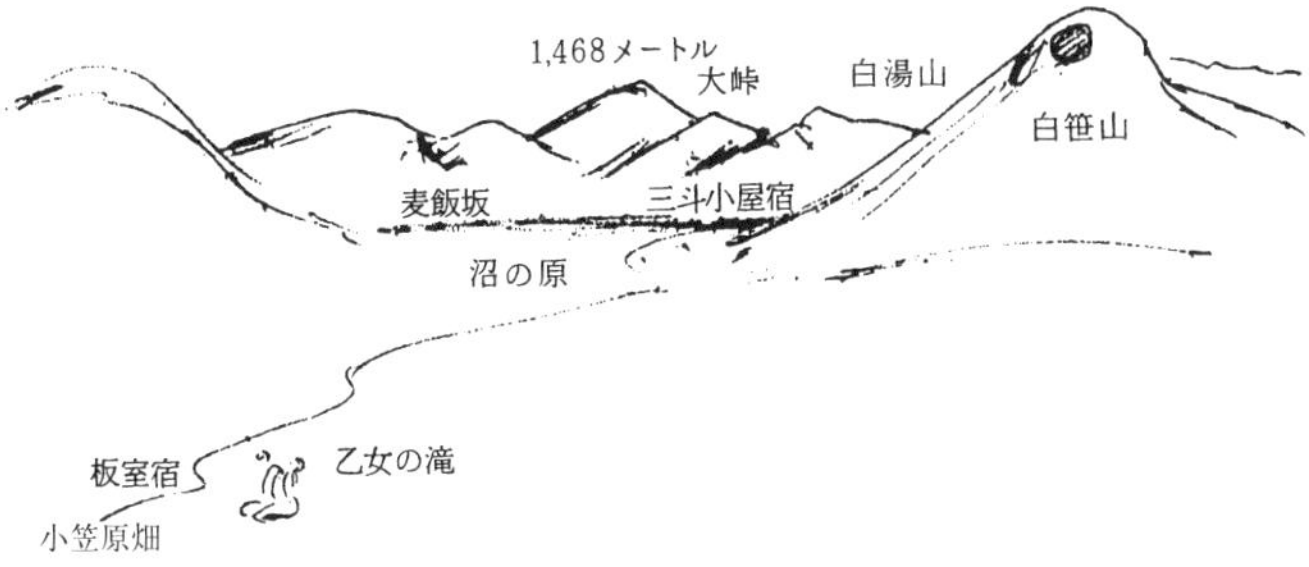

時代であった。

文献によると、全て焼かれたようになっているが、焼け残った百姓屋がありました。故高根沢由蔵氏宅である。奥まった杉木立の中に、隠れていたために、難を逃れたのであろう。惜しいことに、昭和五十年初頭に、取り壊されてしまった。

会津中街道・板室宿の、繁栄を示す史跡は、ほとんど残されていない。わずかな書類と、石仏、石の道標が散見できるぐらい。

板室宿は元禄八年（一六九五年）に、物資の輸送路と相まって開設された。西街道の控線として、会津藩の手により、集落が形成されたと伝えられている。当時五十戸の区画割りの中に、三十戸ほどが定住していたらしい。農林業の傍ら、旅人や馬、山岳信仰の信者達などを宿泊させて、生計を立てていたという。

平成十五年春、板室集落は寂しい。

二十五戸の住宅が立ち並んではいるが、その内一人暮らしが四戸、圧倒的な老人社会を形成している。中年の世帯主達は、皆サラリーマンなので、昼間はひっそりとしています。若い子供達は、ほとんど都会での生活に、甘んじている。このままいくと、板室は老人ホーム的集落に成りきってしまうだろう。

まずいねえ、こりゃあまずいよ。

板室に伝わる伝説を繙《ひもと》いて、宣伝に努めることにしよう。いい話だからまあ聴いてくれ。


（子守石）

大昔、板室の奥地沼っ原に、雌の白蛇が住んでいた。この白蛇が美人娘に化身して、板室に住む若者と恋に落ちた。娘の名はオトメという。ふたりの間に、可愛い女の子が生まれました。しかし、オトメは夫に、白蛇であることを、見破られてしまった。

昔話の辛いところだねえ。

オトメは沼っ原に、帰らねばならない。

これを今風に解釈すると、次のようになるだろう――国籍の異なる、言葉の異なる外国人女性を嫁にして、集落での生活に溶け込もうとする。しかし、昔の人種差別は厳しい。毛色の異なる弱者に対して、執拗な攻撃が、陰湿を究めながら繰り返される。家の中から、外側からの、総合的いじめに耐えられない。だから、お鶴もオトメも、元の住処に帰らざるを、得なかったのである。昔だけではない、現代においても、真実の愛を、弱者的異邦人に向けられる人は少ない。

話を伝説に戻そう。

「あなた、私が大蛇と知って、嫌いになったんでしょう？」

「そんなことはねえが、村の衆の目があるし、両親には逆らえねえ。オトメ、俺の立場も分かってくれや」

「仕方ないわねぇ、もし、この娘が泣き止まぬ時には、この飴玉をしゃぶらせて下さい」

夫はオトメの目が、片方失なわれていることに気づいたが、冷酷な人間の心に従い、黙認した。

……己が目を落とした。

「よろしく頼みますよう、困った時には、沼っ原の真ん中に立って、私を呼んで下さい」

大きな飴玉は、みるみる小さくなって消滅した。子育ては至難の技である。途方に暮れながら、元、夫は娘を背負って、沼っ原に立ち懸命に叫んだ。

「おーい！　居たら出て来てくれえ、泣きやまねえで困ってる。オトメ……」

不意に小雨が降ってきた。

大小の意味ありげな石の隙間から、白蛇が現れた。

「困った夫《ひと》ねえ。これが最後の飴玉ですよ、大事に使ってねぇ」

「ああ、よく分かってる、分かってるよ。おめえも、不自由だと思うが、達者で暮らせよう。

娘のことは俺《おい》らに任せな……」

母なる白蛇オトメは、全盲の身の上となり、寂しい暮らしに甘んじていた。時折、人間に化身して、通過する旅人の情けに縋り、娘の安否を確かめていました。沼っ原の真ん中に辺りに、そっと佇む大小の石。誰が言い始めたのか定かでないが、子守石と呼ばれているのでございます。現在でも、仲良く鎮座している二つの石。この辺りに腰掛けて一服すると、必ず小雨が降ってくるという。

娘に対する母親の愛情は深い、オトメさんの涙雨であろう。


どうです、いい話でしょう。……板室はいい所でしょう。

沼っ原を越えて、麦飯坂《ばくはんざか》を下ると、三斗小屋宿にいたる。そこから三泊四日で、会津若松市に到達する。次なる昔話は、三斗小屋に纏《まつ》わる、江戸時代頃の話であります。

旅の男は麦飯坂にさしかかった。

「オォーイ　今から泊まりに行くゾーイ　麦飯炊いとけよー」

三斗小屋の旅籠では、この延ばし声を聴いて、麦飯を炊きはじめる。タップリの水を使ってネットリと炊き上げるのだ。

一時間後、男は常夜灯に導かれ、美春屋の暖簾をくぐる。足を濯《すす》ぎ、風呂に浸かり、夕餉の膳に付いた。可愛い飯盛女が、お酌をしてくれる。

「お客さんは、江戸から来なすったのかねぇ。いい男振りだねぇ！」

「姉さん、嬉しいことを言うねぇ。呑みねぇ、呑みねぇ。これは心付けだよ、取っときな、遠慮することはねぇよ」

「あれ、すまねえなぁ、うんとサービスすっから――もっと呑むかい？」

「いやこの辺でいいな、すきっ腹に二合は効いたよ。自慢の麦飯を貰おうか」

「そだな、後のこともあるしな」

「後のこと……？」

「あれえ、とぼけてるよこの男《ひと》、こんな美人さ前にして、遊ばねえなんて言わせねえよ。銭はタップリ持ってるんだべぇ」

「ああ、銭はあるが……」

「ささ、もっと麦飯食って、精力さ付けろやー。手付金も貰ったことだし」

「姉さんにかかっちゃあ、叶わんなあ。よし！　腹決めて、麦飯食うぞう」

三斗小屋宿跡は、那珂川源流の枝沢である苦土川《にがどがわ》流域に位置し、標高一一〇〇メートルの谷間に、高地集落を形成していた。

一六九五年から一八〇〇年代にかけて、次のような屋号の旅籠が、活躍していたという。

美春屋、会津屋、港屋、柏屋、伊勢屋、佐野屋、白木屋、越後屋――東京に出しても恥ずかしくない、一流の店名旅籠が、軒を連ねていたらしい。これらの中には遊廓に近い店も、二軒ほどあったという。板室宿の汗臭い感じとは異なり、艶っぽい白粉の香りを、漂わせて居りました。

濃霧の中に三斗小屋宿は蘇る。

旅の男は早起きして、谷間の流水でサッパリと顔を清める。皮膚を切り裂くような、冷たさである。

「ウゥゥ！　身が引き締まるぜえ」

朝飯を済ませて、出立の用意にかかる。

「主、替えの草鞋《わらじ》と、にぎり飯を多めに頼む」

「へえ！　心得ております」

夕べの深情けの女が、控えめに立ち尽くしている……。

「主、世話になったな、会津の帰りに、またやっかいになるよ」

「お待ちしております。気を付けて行きなされ、大峠は険しいですから」

旅の男は、女に背中を見せて、軽く手を振って歩きだした。話し込んだら、出立できなくなる。一夜の女にしては、情が深すぎる。まあ、帰り足で立ち寄るのだから、会津で土産を買うことにしよう、などと思っているうちに、道は険しくなってきた。

岩石の波をかき分けて、泳ぐように歩かねばならない。下郷までの道程を思案すると、女の面影は消え去っていった。男の眼前には、自然の厳しさだけが、迫ってくるのでした。

どうです？　三斗小屋宿にはロマンが、溢れていたんですよ。男の願望、エゴと非難されるかも知れないが、旅の男、飯盛女、旅籠の主、誰しもが生き生きと、自然人を演じていたのである。

現代は辛いねえ。

あまりにも、合理的な暮らしに依存してしまった。より良い暮らしを、求めすぎたと言いきれる。せめて、会津中街道繁栄の頃の、心根を思い出して、麦飯を食べてみようではないか！　食料の有り難さを認識して、先人の獣的な優しさを取り戻そう。白蛇オトメの母心を、時折、思い出して貰いたい。黒磯市の沼っ原に行ったら、子守石を撫で摩って貰いたい。雨具持参で行ってくれ。

（「警友しもつけ」平15・11、12）

走る

仕事が低迷している時、家族の内輪もめが絶えない時、趣味の株式投資が迷走中の時、山暮らしのストレスが充満した時には、頭の中が空っぽになるまで走ることにしている。どんな寒い日でも、三十分過ぎてくるとジワーと汗ばむ。さらに二十分走ると、次第に雑念は消去され無念無想の境地へと突き進む。この辺りから、体脂肪燃焼ゾーンに入るという。嫌な事を抜き去りつつ、健康をも摑みとれるのだから、走らずにはおれない！

あくまでもゆっくり、己の体力と相談しながら、長時間（一時間以上）走行を心がければ良いのです。走る事によって、普段見ることのできない景色を体感できるのも嬉しい。

雪解けの山間県道を、私は無心に走り続けていた。後ろから前から、狭くなっている車道を車両が通過する。走行スピードを緩めてくれる車は、ほぼ二割程度である。雪水をはね上げて、ランナーを道端に追いやるドライバーの心理は寂しい。自分だけのご都合主義によるものなのだろう。配慮心のカケラを、持ち合わせないドライバーが八割いるのだ。こういった諸氏は、空き缶空きビン煙草の吸殻をも、平気で車外に投げ捨てる人種と見て間違いないだろう。悲しい生態も見えてくる。

犬、猫、野鳥、その他の野生動物（狐、狸、リス、イタチ、テン、蛇など）の亡骸に、時折遭遇する事がある。ランニング中だから、せいぜい木の根元まで運んで、落ち葉をかけてやる行為しかできないが……黙祷して冥福を祈るようにしている。これらは全て、人間の運転する車両に轢き逃げされた遺体である。

直前飛び出し、直前飛来を予期しながら運転すれば、大半の事故は防げるはずだ。信号も無い、警察の取り締まりも無い、おまけに道路は高速道並に整備されている。解放感と高性能エンジン、そして理性なき運転心理、ここまで揃っているのだから、死亡事故は跡を絶たない。しかも、罰則規定は無い。

世の中は未だに不景気である。特に地方の山間集落経済は、青息吐息である。それなのに、道路沿いのゴミ散乱は継続されている。

飲食店の利用率が低下して、コンビニ、自動販売機の利用率が上昇している結果なのか。車の中で消費し、即車内の美化運動に取り組んでしまう方々が多い。自分の幸せのみを追求して、公的な幸福ルールを守れない日本人は、寂しい人種である。私の集落でも、年二回定期的に、道路沿いの美化運動を実践しているが、ゴミの量は減る気配無し。

ドライバー、同乗者の方々のマナー違反を呪い罵りながら、私はひた走る。遠くの稜線を眺め、眼下の水脈に目を落としながら走る。心が身体が、大脳が自然浄化されて来ます。己の体力の限界と現実を受け止めながら、老いた両足に鞭うって、ピッチ走法を続けまくる。

人間が死に至る過程をたどってみよう。

まず下半身が弱り、次いで精神的分野が弱くなる。指先の動きが鈍くなり、細かい作業が出来なくなっていく。そして、遠耳になり、目脂に苛まれ、ついには心の臓が停止するのだ。運の悪い人は、成人病や自殺願望にとりつかれ、若年齢で死に至ってしまう。

これらの過程スピードを、極限までスローダウンさせるための最良の手段は、走る事なのです。お金も僅かにしかかからないし、個々の好きな時間に、個々の体力に合わせ走ればいい。こんなに安価で、安易な健康法は他に見当たらない。もし、国民の大半が走りを実行し継続したら、大半の病院と製薬会社は、業務縮小を余儀なくされるだろう。さらに、健康保険は黒字化し、年金給付は健全化されるであろう。車社会の中で、飽食に甘んじる私達は、軟弱な民族に成り下がってしまったのだ。大国や政府のエゴ政治を批判する前に、己自身を批判して、強い心身を取り戻そうではないか！　上から直すのではなく、一番下から鍛えなおす事が肝心なのである。人間の下半身を鍛えれば、少ない予算で健全な国営が可能なのである。

我が家の財布も、このところ逼迫状態を継続中だ。耐えて耐え抜き、輝く季節を迎えるために、私は走る。少しずつ無理を与えながら、若さの維持に努めて行きたい。誰のためでもない、自分自身のために——私は走る。

（「警友しもつけ」平16・4）

食物連鎖

窓を叩く風雪を時折眺めながら、熱々の牛鍋をつつけば、誰しもが日本人で良かったなぁと痛感するはずだ。俺は、女房殿に優しく声をかけた。

「この牛肉柔らかいねぇ、どこ産だい？　霜降りだねぇ、美味しいねぇ」

「国産と言いたいけれど、我が家の家計じゃちょっと無理、アメリカ産よ」

「なに、アメリカ産なの。国産ブランドで通るねぇ」

「そうなのよ、国産ラベルを張りつけた外国肉も流通しているらしいのよ」

輸入肉を一口に評価することは難しい。オーストラリア、ニュージーランドなどは、牧草的野草などを主飼料にして育成された肉である。したがって、野性の肉質に近く歯ごたえのある赤身肉なのだ。反面、アメリカでは穀物を主飼料にして、日本人好みの霜降り肉を生産しているのです。

国産肉の生産はどうなっているのか？

高級和牛肉は、ほとんど輸入穀物飼料によって育成されている。厳密に査定すれば、純国産の牛肉なんて存在しないのです。だから、国産だから安全だと宣言することはできない。なぜならば、遺伝子組み換え穀物、農薬残留穀物、ＢＳＥなどの危険因子を内包した飼料によって生産されているからだ。

普通の牛肉はホルスタイン種（乳牛）の廃牛である。廃牛とは、乳の出の悪くなった雌牛を肉用として屠殺した物である。国産牛肉といっても、ピンからキリまで複雑にランク付けされているのです。

国産も輸入肉も、安全性においては大差無しと言えるのではないだろうか。牛肉だけではない、豚も鶏も同類である。

二〇〇四年一月の日本国は、ＢＳＥを恐れてアメリカ産牛肉の輸入を止めた。同じ様に韓国は、インフルエンザ毒菌を恐れて日本産鶏肉の輸入を止めた。生産者、外食産業、付随産業は慌てふためきつつ、原状復帰に奔走している。

経済大国日本（少し弱っているが）、アメリカ、中国、そしてヨーロッパへと、穀物、食肉、加工品は回遊して行く。それぞれの国のエゴと、無策をあざ笑うかのように……。

「ねぇ、なんとかならないのかしら。このまま進化したら、地球全部が危険食物で汚染されちゃうわ」

「まったくだなぁ、負の食物連鎖をどこかで止めなくてはならん。根本的な糸口は、自国食糧生産率のアップだろうねぇ。安全な管理生産を、他国に求めるのは難しいからねぇ」

それぞれの国が、自国の食糧自給率を百に近づける努力と、安全性向上を促進させる恒常的な努力こそが必要なのだと思う。負の連鎖を断ち切って、良質食物の生産流通へと歩みだすために。

島国である日本国は、元来穀物と魚によって胃袋を満たしてきた。

その魚資源にも黄色の点滅信号が灯っている。いや、赤色の点滅なのかもしれない。河川、湖沼、海（特に内海と近海）の順番で汚染は休まず進んでいる。人口増と経済発展のツケなのだが、現状打開の方策は今なお打ち出されていない。

世界の至る所から、魚介類を輸入している日本という怪物は、この先何を目指しているのだろうか？　一億二千万余の胃袋は、日夜美食を求め行軍の歩調を緩めない。テレビ番組は、グルメ、グルメに沸き返っている。

反面、発展途上国や内戦状態国では、先進経済大国からの食糧支援によって飢えを凌いでいるのが現状だ。ある統計によれば、世界に於ける食糧はかなり不足しているという。富める国に食物は集中しているのだ。それらに付随して、病原体も忍びよって来る。だが、経済大国は資金力と医学力を発揮して、自国の利を執拗に守り通す。貧乏な国には、食物の少なさに反比例して、病原体が蔓延している。もちろん、資金力も医学力も極限まで乏しい。

偏った食物連鎖の終着駅には、何が待っているのだろうか？　現時点では、石油資源をキーワードにしての戦いが繰り広げられているが、地球最後の戦いは食糧資源争奪であると断言できる。

弱肉強食の構図が進行している。

テロ戦争、石油戦争、宗教戦争、人種戦争、そして食糧争奪戦争、そしてそして、破滅的な核戦争へと人族は歩を進めているのか……。しかしながら、核を使用すれば自分の首を絞めることになるだろう。豊かな食物を確保するには、良質な水、大気、土壌が必須なのだ。核戦争に踏み切る事は人類滅亡の引き金を引くことなのだ。

戦いへの傾斜を止めるために、我々は最大限の努力を、言葉と行動によって示さねばならない。それぞれの立場に応じて、たとえ微々たる事でも発言し実行する事が重要だ。隣人愛と安全性を携えて、独り占めを排除して行こう。

楽しくて明るい食物連鎖を構築すれば、地球と人類の寿命は、限りなく延命されるはずだから。


（「警友しもつけ」平16・7）

俺は悲しい

俺は、気持ち良く疑似冬眠を貪っていたのだが、温暖化の悪戯に負けて目覚めてしまった。穴蔵暮らしをしばし中断して、テリトリーを一周することに決めた。

杉森を抜け茨をかいくぐり、雑木林を後にして那珂川縁に辿り着くと、狐どんが難しい顔をして立っていた。

「久しぶりだねぇ、狐どん、元気かねぇ。随分ホッソリしたみたいだが」

「まあ聴いてくれ、大型ダムの工事が済んだと思ったら、取水取水の連続だ。あんたの大好きなサケマスの連中にも、見限られてしまったよ。水辺に屯《たむろ》していた小動物の激減が進んで、ワタシャ悲しいよ」

「那珂川に豊富な清流を戻すには、どうしたらいいのかねぇ？　知恵者の狐どんに、教えて貰いたいなぁ」

「簡単だよ、ダムを壊してしまえばいい。そして、人間の暮らしを昔に戻せばいいんだ。問題は、それを誰がやってくれるのかということなのさ……」

俺は寂しく頷いて、狐どんに慰めの言葉を投げかけながら、涙ぐみつつ歩きだした。しばらく進むと、所々に青草の見える畑の隣接地にさしかかった。五十余の日本猿の群れが、草の根を掘りあげて咀嚼している。俺はボス猿に近寄り、外交辞令を投げかけた。

「やぁ、壮観ですなぁ。大したもんだ、この寒さをもろともせずに、元気なファミリーを引き連れてよう」

「とんでもねぇよ、よく見てみろや。ストレスで毛の抜けてる奴や、喰い負けてやせ細っている奴もいる。繁殖に励んだのがまずかった。その点、あんたはいいねぇ。自分の口だけ心配すればいいい」

「いやいやご同様だよ、森は小さくなるし、川の水は激減するし、ハンターからは追いかけられるし、この先まっ暗闇だよ。ボスはいいよ、保護獣に指定されてんだろう？」

「保護獣なんて上っ面の話だよ。最近は、有害鳥獣に指定されちゃってなぁ。畑、田んぼを荒らす時にゃあ命がけなんだ」

「なんだよう、俺といっしょだねぇ。有害鳥獣駆除の名目で、ドンパチやられたんじゃあたまんねぇな。元々この辺りは、一日歩ける所まで俺たちのテリトリーだったんだ。有害人間駆除を推進しなくてはならん！」

「俺らは駄目だよ。せいぜい作物や食い物を、盗みまくるのが精一杯だよ。力勝負できるのはあんたらだけだよ」

俺は意気消沈した。

どう喧嘩したって、人間に勝てるわけがない。沈んだ心に鞭打って、畑地を越え原野を突っ切って、大きな横長の建物に辿り着いた。白と黒の斑紋に彩られた長方形の身体、俺の倍か、いやもっとでかい生き物が列を成して繋がれていた。俺は気の優しそうなデカ物に話しかけた。

「もしもし、あんたらは何者ですか？　皆で繋がれちゃってどうしたのさぁ」

「ホルスタイン種の牛って人間は呼んでるよ。あんたは何者よう、真っ黒じゃないの。首の白襟巻きはあたしらの白に似てるけど、その黒毛は随分と剛毛ねぇ」

「まあまあ、外観を中傷し合うのはさて置いて、そこでずーっと立ち尽くして退屈しませんか、ストレスは溜まりませんか」

「そりゃあ溜まるわよう！　でもねえ、美味しい食事が確約されてるの、アメリカ産の穀物だって喰えるのよ。お乳が張れば、気持ちよーく絞ってくれるし、糞尿だって手まめに掃除してくれる。あんた、腹減っているんでしょ、その辺の固形飼料喰っていいわよ」

「いいのかい、少しだけ貰うよ」

俺はデカ物に頭を下げて、人の気配を気にしながら、大きな建物からそーと離れた。俺はどんなにひもじくとも、人間に飼育されたくない。勿論、人間に喰われたくもない。

俺は暗くなる獣道を、暗い心情でとぼとぼ歩いて、元の穴蔵に戻り再び疑似冬眠に入った。優しい神様は、俺を、俺たちを見捨てなかった。素晴らしい初夢を、見せてくれたのです。

俺と狐どんとボス猿、そしてデカ物は大きな鍋を囲んでいた。俺の用意した霜降り肉と竹の子、ボス猿が持参してきた根菜類、デカ物は真っ白な乳を身に付けてきた。狐どんは不猟続きで手ぶらだが、諸事情からしてやむを得ないだろう。乳を呑みながら、皆で大鍋を突っ付く。

「それにしても、いい味付けですなあ！　このスープ、根菜に染み渡って抜群だよ。それにこの肉、完璧な霜降りだねぇ、柔らかくて蕩けるようだ」

「ボスさんデカさん狐さん、皆さんの舌は確かだねぇ。違いの分かる方々だねぇ、遠慮しねぇでタンと喰いなせぇ」

「鳥でもないし、魚でもないし、いったい何の肉なのかねぇ？」

「ズバリ、人間だよ。人間様の肉に勝る肉は、この世に存在しないんだよ。地球上のありとあらゆるモノを、餌にしているんだぜぇ！　たまに俺たちが喰ったって、罰は下るめぇ」


（「警友しもつけ」平16・9）

東京旅情

私は小さな飲食店の主である。

お客さまの大半は、東京圏からの行楽客である。大都市のストレスを捨て去る為に、美味しい風を求めてやって来るのだ。どういう訳か飲食店関連のお客さまが多い、多分、いつ来ても空いているせいだろう。繁盛店のオーナーや、それらの客にとっては空間こそが御馳走なのであろう。

「マスターのところは素晴らしいよ！　なんてったって駐車場がいい、疲れた右手でドアを開けると、元気良く青草が入って来る。もろ自然って感じだねぇ」

「むむ……草刈り怠慢を指摘された気分だな」

「下手に手入れすると自然がこわれる、これでいいんだよ。煤けた梁、艶の出たいろり端、若干のクモの巣、凹凸が織りなす土間、それら全てがマスターの演出なんでしょう」

などと褒めちぎってくれる奇特な客もたまにはいるが、あまり繁盛はしていない。どちらかということで、閑古鳥に住み着かれてしまった様相を呈している。仕事が暇だと、あれこれ思案して寂しさにとりつかれてしまう。山のストレス菌にとりつかれたら、大都会を目指すのが一番だ。汚れた空気と奇麗に化けた女、そして洗練された料理と接待が、都会には渦を巻いて待っているからねぇ。

とは言うものの、この不景気なので上京回数は減っている。

往復の新幹線、お店への支払い、明け方までのサウナ料金などで三、四万はかかる。だから、月に一度も困難になって、二月に一度のペースダウンを余儀なくされている始末だ。

二〇〇〇年二月立春。雪と氷に閉ざされた那須高原から脱出して、私は一路東京を目指した。新幹線はいつも一号車と決めている。一番空いていることと、禁煙車であること、それに階段から一番遠いから運動になるんだよ。

上野から山手線を乗り継いで、大崎で降りた。最近仲良しになった家庭料理の店、猪口斗《ちょこっと》を尋ねるために……。この店を紹介してくれたのは、私の店の古い馴染み客で明美さんという。明美さんの呑み友達の京子さん、オーナーママの澄江さんが待ち受けているはずなのだが……。いずれもアヤメかカキツバタの熟女だから手強い。

「こんばんわー」

「いらっしゃい！　こっちこっちへ座って下さい。懐かしいわー懐かしいわねぇ」

奥の方に小上がりが小さくひとつ、カウンター席が八つほど、判尻しながら詰めて十五人というところか。狭いけれど小ぎれいで、効率良く調度されていた。まだ時間が早いというのに、満席状態であった。我が店と比較すると、全てが正反対に動いているようだ。

明美さんは姉御肌を発揮して、ユッタリと構えて鷹揚に呑んでいる。京子さんは勤め帰りのキャリアウーマンを演じながら、都会女の翳りを漂わせて呑んでいる。私は二人の熟女に挟まれつつ、カウンター越しに澄江ママと断続的会話をすすめた。山出しの中年男にとっては、これ以上の至福の時間は存在しない……。カウンターに入っている澄江ママは、別人の様に艶やかに立ち振る舞っていた。

お馴染みの中年男からの矛先を、軽くイナシながら懸命に料理を創っている。アシスタントの難ちゃん（中国人の若い大学生）との呼吸もピッタリだ。私は矢継ぎ早に料理を頼みながら、純米吟醸酒、天空《テンカラ》を呷る様に飲む。明美さん京子さんママさん、そして難ちゃんにも注ぎまくる。手作りの餃子、可愛いコロッケ、美しく盛りつけたお刺身などなど、気の入った丁寧な味だった。ジーンと滲んでくる優しさと、都会女の深情け？　を体感しながら二本目の天空を開栓する。それにしても、明美さんの呑みっぷりは抜群だ！

「どうもありがとう、明美さんのお蔭で楽しく酒が飲める。天空の販路拡大に協力していただき感謝です。まあ、どうぞ……」

「天空は美味しいもの、それに、山奥から出張して来た気持ちが嬉しいわ。ママも京子さんも楽しみにしてたのよう。この店は、ママの美貌と料理の確かさで繁盛しているのよ、勉強になるでしょう」

なぜ、この店は賑わうのか。美味しくて安い料理、美人ママのセールストークなどは特筆事項だが、決めては、やはり店全体の温かさであろう。家庭よりも温かいから、諸々の寂しさを埋めるために、猪口斗に人は群れなして集結するのであろう。

未練たらたら、後ろ髪を引かれながら、次の店を目指して山手線に再び乗る。三十分ほど揺られて駒込駅で下車、東銀座通りを右に折れると、地酒の店直菊がある。少し急な階段を上り左に折れると、木造りの酒落た引き戸が待っている。私と同年ぐらいの直《なお》ママが、手塩にかけつつ、切り盛りしている小料理と日本酒の店なのだ。この店は佐川さんに紹介していただいた。佐川日光さんは、下町の気風を失わないダンディな都会人である。

「どうも、久しぶりでーす」

「あら、いらっしゃいませ。電話してくれればいいのに……」

電話をすると、佐川さんやら、色々な方々におふれが回って迷惑をかける事が多い。だから最近は、普通の客を心がけている。

ここの料理は筋金入りだ。使い込んだ鍋などの尻を見れば、一目瞭然だ。ただ光っているのではない、黒光しているのです。道具、食材を大事に扱い、愛情込めて時間をかけて、一品の料理に魂を込めている。と言うと少し大げさだが、安心して飲食できる数少ない店と明言できる。むろん、美人系のママさんであることも補足しておこう。少し若いお手伝いの可愛娘ちゃんも存在しています。

カウンターに、色つや優れた中年の男がいた。四国弁を操りながら、正統派毒舌を肴にぐいぐい呑んでいる。

「相変わらずさえ渡っていますねぇ。樋口さんの毒舌を拝聴すると、東京を強く意識しますよ。なぜか、樋口さんの四国弁を聴くと安心するんですよ」

「私も天空さんに逢うと嬉しいよ。毒舌の言い甲斐があるからねぇ。真実や正義を振りかざすと、皆嫌がるからねぇ」

「そうなんですよねぇ、田舎も同じですよ。悪いことを黙認しながら、陰口たたいて溜飲下げながら暮らしている」

「私の場合は機械設計をしている社員の立場だけれど、遠慮しないでなんでも発言して此処までやって来た。仕事で負けなければ、皆納得してくれますよ」

「樋口さんは力があるから、正義を通す事が出来るんですよ。力がなければ犬の遠吠えになってしまう、仕方なく正義を飲み込んで隅っこで暮らさねばならない」

「その通りやな、所詮世の中は力なのよ。あんたは田舎にいても力があるから、東京くんだりまで出張って、酒飲みができるんさ」

いつもの事だが、樋口さんには叶わん。年齢も人生経験も、酒の呑みっぷりも全て完敗である。この、直菊という小料理屋のお馴染みには、個性的な一角の人物が多い。圧倒的に男性の客が多いのも、特徴であろう。

直菊のママさんは苦労人である。

「どうですか、最近の商いは……」

「あまり良くないんですよ、でも、もうちょっと頑張ってみます。他にする事もないし、楽しくお友達感覚での商いをやってみますわ」

「それがいいですねぇ、採算性を求めない姿勢を貫けば、人は集まって来ますよ。いい客がいたら、必ず向けますから頑張って下さい。純米吟醸酒天空も、よろしくお願いします。ママの手腕に、期待しています」

時間は明日になろうとしていた。

ママさんにそっと背中を押されて、駒込の深夜に踏み出した。歩いて二分、いつもの定宿サウナ、ロスコに到着、泊まりサウナ料金、三千百五十円を支払ってロッカールームに向かう。もうちょっと上乗せすれば、カプセルに泊まれるのだが、カプセルには恐怖を感じるんだよねぇ。

蜂の子か蓑虫に擬態した感触が、とてつもなく辛い。
ジェットバスにゆっくり浸かって、一日を振り返る。大崎から駒込へと、山手線を一周して、何人かの都民と交流を重ね、ストレスを吐き出し合った。東京という巨大都市に住み着いて、時間に追われ仕事に追われている人々の、心根は温かい。いや、常に温かさを求めて、冷えない努力を積算しているとも伺える。私の交流関係は、ほとんどが下町系の都民だから、言葉や仕種の随所に温かみを体感できるのであろう。人口過密地帯なのだから、テレビニュース報道の通り、極悪人もタップリいるはずだ。それらの汚物を、綺麗に消し去って輝く不夜城東京、眠らない街東京。恐怖の大都会だからこそ、心根の優しい美しい人達が育つのかも知れない。たまには、独りの旅人を気どって、東京の夜に漂流してみるのもいい。自分が、何者なのか気づくと思うから。

（「警友しもつけ」平16・11、12）

郵政民営化

民営化の真実を、糾明してみようではないか。推進派の主張を繙けば、次の様な文言になると思われる。

まず、既得権を打破し、公平な競争経済を構築し、民需による活性化を促進させたい。必ずや経済は再生するはずだ。族議員や特定の人達が、安易な利益を貪ってはならない。できうる限り同じ土俵で自由に競争し、国民一人一人の均等なる利益享受社会を、目指さねばならない。

むろん、過疎地帯、一人暮らしなどへの対策も、充分に考慮して行きたい。民営化とは、熟成化、形骸化の病根を取り除き、新しい経済の波動を起すための第一歩なのである。

反対者の理論は、次の通りである。

まず第一に、国民の多くは賛成していない。過疎地帯や弱者に対しての、サービス体系が判然としていない。ここまで培って来た、我々郵政関係者の歴史を頓挫させたくない。諸外国の郵政民営化を見ても、大成功した実例がない。危険を犯しての民営化に、実利があるとは思われない。従って、断固反対である。

国内経済行き詰りの潮流の中で、民営化を渇望しているのは、経団連と現政権である。それらに対抗し、美味なる既得権を死守しようと奔走しているのは、族議員と郵政関係者の面々である。この攻防に、心配顔で熱い視線を送つているのが、関連敵対する民間企業群である。それら以外の一般国民は、冷めた目線で、事の成り行きを傍観しているに過ぎない。

人間とは、人間の心底とは、汚く寂しいと叫きたくなるのは私だけだろうか。私は蛮勇をふるって、ある山間にしがみっいている、特定郵便局長に話かけてみた。

「どうも……。いつもお世話になります。ときに、民営化についてのご意見を拝聴したいのですが……」

「もちろん、反対です。民営化が実現すれば、この局は消滅してしまう。この歳になっての、降格や民営の営業行為は辛すぎる。株式会社の一社員として、働く気力なんてありゃしないよ。何としても、この立場を守り抜いて定年を迎えたい。できれば、この立場を息子に世襲させてやりたい」

「なるほどねぇ、お気持は分りますが、個人的なステータスのみに固執されているのでは、特定局長は公人なのだから、もっと広い視野に立ってもらいたいなぁ」

「とんでもない、局長なんて名ばかりですよ、単なる地方公務員に過ぎない、小さな立場なんですよ」
「そうでもないでしょう。高給の他に、局舎の不動産収入もある。加えて、公的な役職も評価されている。地方の名士として、君臨しているじゃないですか！　それに、世襲制まで認められている。こんなにも甘く、美味しい安定職業なんて、他に存在していませんよ」
「………………」

郵政民営化の未来には、暗雲が垂れこめている。族議員を先頭にした、反対のパワーが巨大に横たわっている。仮に、それらの保守的な既得権パワーを乗り越え、民営化が実践されても、問題は山積みで、心配はどこまでも続く。護送船団を分割し、それぞれの大型船を円滑に航行させ、上場企業の群れの中に融合させねばならない。短期的には、うまく行くだろう。

がしかし、そこから先に、荒波の外洋が待っているのだ。ＪＲやＪＴとはまるで中身が異なる郵政事業の民営化には、更なる難しさがつきまとっている。万一失敗すれば、そのツケは国民一人一人に降りそそぐだろう。我々は覚悟して、賛成、反対を叫ばねばならないのだが、選挙と署名でしか、対処できないのだから悲しい。既得権打破の潮目の先に出現するのは、天国か地獄か？

（「警友しもつけ」平17・12）

五十七歳のクラス怪

還暦目前の、少々くたびれた男女十六名がEホテルのロビーに集まった。この先、いくつかの怪談を体験することになるのだが、この時はまだ和気あいあいの、懐かしい光景を演じていた。

T中学校三年三組の担任であったS先生は、都合悪く欠席とのこと。残念ではあるが、大きく悲しむ者はいない。瞬時、寂しい表情を交換したに過ぎない。ひと風呂浴びて、サッパリして、ノスタルジック的、近況報告的宴会の幕は切って落された。

「えー私、今回も言い出しっぺを務めましたTであります。去年の秋にKが亡くなり、また一人減りました。還暦も近づいてまいりました。そこで若さを保つために、クラス会を開催することにしたのです。この様に大勢？　集まって嬉しい……、明日まで肉体の続く限り、うんと呑んで、うんとしゃべりましょう」

亡くなった奴への黙祷と献杯をすませ、雑談に入る。俺の所属していた昭和三十七年度卒のクラスは、総勢四十四名だった。内、現存している男子は二十名であり、所在はみなハッキリしている。今回の出席者は十名であった。女子の現存数も二十名なのだが、住所未確認者が四名もいるのだから驚く。今回の出席者は六名であった。右記の事実から推して、女性の方が、波瀾流転の人生に遭遇しているようだ。

あの世に逝った奴は仕方ないが、なぜ欠席者が多いのか……。

失業中で破産者で、会費納入困難の場合もあるだろう。ちなみに、今回の会費は男二万円、女一万六千円である。それと逆に、社会的に大成功し大忙しの奴も来ない。それから、家庭内の複雑な事情で来れない奴もいるだろう。

お金は少ししかなくても、精神的ゆとりのある奴、そこそこ人生に自信のある奴、生きる道を見つけた奴が集まって来るのか。

と言うことは、俺を含めた十六人は幸福者ということになる。

四つぐらいの人島に分れ、談笑は進む

「俺はよう、孫が四人いるんだ。これがよう、めんげぇんだ」

やおら携帯電話の画面を見せ、説明に走る。女性なら分らんでもないが、男性の級友にしつこく孫自慢をされると鼻につく。おまえのここまでの人生は、孫百パーセントなのかと言いたくなるが、級友に冷たい言葉は吐けない。

「うーんなるほど、可愛いねぇ」と相槌を打ちながら、ビールを呷る。

ノスタルジック宴が、六十分経過の頃、突如、ハワイアンメロディが流れ出した！　隣にいたはずのＭ女がいない。見れば、Ｍ女が細波のように揺れ動いている。みんなに笑みを投げかけ、熱帯魚になり切っている。花飾りとムームーで、ドラム缶風の身を包み、優雅な横泳ぎダンスを披露してくれている。残りの女連中も、やおら立上がりバックダンスを開始した。壮絶かつ少しグロテスクな感もあるが、私達男組から観れば、超華麗なダンシングチームに見えるのです。他の男の心情は分らんが、私は心からの讃辞を送り見惚れてしまった。Ｍ女のハワイアンダンスには、自由奔放な少女時代の生き様が投影されていた……。美しかった。

Ｍ女がひと汗かいて、隣席に戻って来た。

「すげえなあ！　すごい芸だよ。よかったなぁ、久し振りにいい物を観せてもらったよ」

「へへ……、嬉しいわー。私ね、ここ五年ぐらいこのダンスに凝ってるの。去年は市の文化会館で発表会もやったのよう。東京から有名バンドを呼んで……」

「なるほど、それはすごい！　趣味もそこまでやれば、セミプロの域だな。自分の道を見つけたんだねぇ」

「退屈しない人生が欲しいのよ。ダンスをやって、海外旅行をして、多いに遊ぶわ。旦那にはひたすら働いてもらう」

私は、旦那の立場にふっと同情しつつ「そりゃ最高の生き方だ！」と相槌を打った。

さらに宴会は続く。

この一次会は、二時間で呑み放題とのことだが、中身はよくない。温かいビール、まずい甲類の焼酎、名も知らぬウイスキー、そしてC級の料理群、と続くのだから気落ちしてしまう。

それらを消去するために、ノスタルジックな会話を肴にして、二次会会場のカラオケルームに移動した。誰一人潰れることなく、元気者三組の二次会は、煙草の煙とミュージックによって動き出した。何人目かのミュージシャンを気取って、私はムード歌謡を唄い出した。ここで、不思議な光景を目にしてしまった。

右サイドのB男と、左サイドのN女が、携帯電話を耳に当てているのだ。表情や目線からして、至近距離での愛愛通話に専念しているらしい。直接近づいてしゃべればいいのに、こんな狭い部屋で電話の会話するなんて……。級友の目を恐れぬ、大胆不敵な行為だよ。非難するつもりはないけれど、覚られないように裏社会でやって欲しいねぇ。これぞ正しく、クラス怪だな。

まあしかし、それぞれに色んな人生があってもいい。ここは尊大に構えて目をつぶることにしよう。カラオケ修行中の女が一人、歌手同様の力量を見せている。ひたすら呑む奴、ひたすらしゃべる奴、恋に身を焦がす奴、人生色々や。

百二十分の、カラオケタイムを終了し、部屋に戻る。女の大部屋に、三次会の呑み物が並んでいた。呑む方は皆緩慢になったが、しゃべりは闊達そのものだ。

「いつもよう、TとHが段取ってくれるから、嬉しいよ。俺なんかさ、都会にいるから、その有難さが身に染みるんだよ。みんなでTとHに感謝しなくちゃ」

「私も、いつも感謝しています。拍手だけじゃ申し訳ないけれど、名誉職だと観念して、これからも頑張って欲しいわ」

三次会は、乱行パーティ風へと変化して行く。やたらとお目当の女に手を出し、顔を近づける男がいる。男の肩に、顔を載せたりする女がいる。残念ながら、私に言い寄って来る女はいない。中学生時代の私は、みんなより子供だった。晩生だったのである。三次会は、早生系の級友達にお任せして、私は大浴場に独り向う。妬みと冷えた身体を沈めながら、静かに回顧する。

――級友とはいいものだ。結局のところ、同じ時間と景色の中で、似た様な喜怒哀楽を重ねて来たのだ。だから話がピタッと合うんだ。何にを言われても、笑って許せる。逢えば、瞬時にして昔に戻れる仲間達、それが中学校クラス会なんだ。クラス怪的な要素もあるけれど、いいじゃないか、飽食の時代、熟成経済の時代なんだから、時代に逆らうことはない。

クラス怪に乾杯！

（「訾友しもつけ」平18・2、3）

あとがき

私は、ついに六十歳に到達……。

そうなんです。この雑文集は、還暦の記念号なのであります。農業高等学校を卒業し、サラリーマンを二十年やる。この間に組合、会社など八つの法人を渡り歩く。が、しかしいずれも中途半端で上手くゆかず、勤人を断念す。

結局のところ、使われるもの下手、使うのも下手。組織と調和できない已を知悉する。よし、原点に戻ろう、ということで二年間ほど、農林業に従事する。先生はその道のプロである両親であった。その合間にテンカラ釣りを復活させ、自然との共生を推進させたのよ。が、金欠病がひどくなり、やむなく農林業を媒体にした飲食店「テンカラ」を開業する。

三十坪の板の間に、囲炉裏が四つ、小じんまりと農家風の小屋組の空間……ここへ、都会からの金持共を呼びこみ、自然の話、自然の料理をぶっつけてみた。

そこそこの客は来る。けれど平日は閑な日が多い。その隙間を埋めるために、雑文を書き出す。この十七年間、折につけ書きなぐってきた。

渡る世間に仏はいるんだねぇ。

私の小文に目を止めて、発表の場を与えてくれる人が、次々に現れたのだから。無論、恥を省みず、色んなコンテストに応募はしてみたが、いずれも選外で掠りもしなかった。それでも、時は流れ、雑文は少しずつ世の中へ浸み出していったのです。少数、小範囲ではあったが喜んでくれた人が存在した。

発表の場を、年代順にその経緯を報告することにしよう。まず、室井隆司（六斗たかし）氏の奔走で、「栃木よみうり」に雑文を発表する。延べ十二回に亘ってのゴールデンステージでありました。この折には微に入り細に亘り、篠崎豊氏（記者）にご指導をいただく。

ついで、その縁で、伊達信介氏（作曲家）と知り合い手解きを受けながら、作詞活動に邁進するも、物にならず…。そんな折に、「栃木放送」の阿久津隆一氏（ディレクター）よりお話が舞い込む。栃木よみうりの続編で、作語りの番組が決定する。タイトルは「板室の風」。週一回、十五分枠であった。局番組として、一年間放送された。

終了の頃に栃木放送の、菅原禮子氏（社長秘書）より、いい話が舞い込んだ。「警友しもつけ」（栃木県警察の機関誌）に「板室の風」の続きを、とのこと。

自然のこと、正義感溢れる話などがよいとのことであった。この仕事は、五年の長きに亘った。私は、書けば書くほど己の力の無さを痛感するようになっていた。

ある時、長女を通じ震撼する朗報がとどく！

「江古田文学」に寄稿させてくれるというのだ。「辻まこと特集」の隙間に招かれたのである。

私は、運よく辻まこと氏の妹さんと面識があったのです。幸運の二文字につきる出来事でありました。この折、原善氏のご指導を受ける。

「栃木よみうり」「栃木放送」「警友しもつけ」「江古田文学」の関係各位に感謝しつつ、それを散逸させぬよう、ここに『板室の風』として創刊。

六十歳からの新たなる出発を記念し、ここからも己の線と色、心情を鮮明にして行きたい。時折ペンを持ち、書きなぐることにしよう。俳句、短歌にも挑戦して行くつもり。体重を少しだけ前にかけて、攻めのスタイルを死守して行こう。妻、両親、子供達、孫達に感謝しつつ、悼む炉の風の中で、自然の中で、感じとれた事を書き留めて行こう。

どれか、ひとつの小話でいいのです。拾い読みして、共感していただけたら、嬉しいな。

最後に刊行にあたり、何から何まで面倒をみてくれた、加曾利達孝氏、原善氏、髙根沢紀子氏に心底より感謝いたします。

二〇〇八年　立夏

著　者

著者紹介

天空昇兵衛（てんから　しょうべえ）

一九四七年、栃木県黒磯市（現那須塩原市）生まれ。本名、高根沢昇一。那須農業高等学校卒、サラリーマン二十年を経て、自営業（自然料理の店テンカラ）に着く。妻、両親の協力を得ながら、農林業をも小さく営み現在に至る。自称ではあるが、テンカラ釣り名人、雑文迷人、自然人を気取っている。俳句・短歌――只今修行中。

板室の風

発行日　二〇〇八年八月二〇日

著　者　天空昇兵衛

発行者　加曽利達孝

発行所　鼎　書　房

〒132-0031 東京都江戸川区松島二-一七-二

TEL・FAX 〇三-三六五四-一〇六四

印刷所　太平印刷社

製本所　エイワ

ISBN978-4-907846-59-6 C0039